JN182977

山口恵以子
Yamaguchi Eiko
早春賦
SOU
SHUN
FU
幻冬舎

# 早春賦

装画　またよし
装丁　ソウルデザイン

壱岐(いき)坂を上り始めた二頭立ての馬車が左の道に折れると、前方には煉瓦塀(れんがべい)をめぐらせた広大な屋敷がそびえていた。馬車は速度を落として正門に近づき、屋敷の門番は鉄製の門扉を両側から開け放った。前庭の彼方に見えるのは、英国ジャコビアン様式の洋館である。

馬車は屋敷の玄関前で止まった。すぐさま御者の隣りに座っていた従者が台から飛び降り、丸に三鱗(みつうろこ)の家紋が金蒔絵(まきえ)で描いてある扉を開けた。

大堂勝太郎(だいどうかつたろう)は馬車から敷石の上に降り立った。重厚な木製の扉が内側から開き、その両脇で家僕が直立不動の姿勢を取る。玄関ホールでは家令の村木徳三(むらきとくぞう)が家僕を従えて主人を出迎え、勝太郎は山高帽とインバネスを家僕に預けながら奥へ進んだ。いくぶん顔をしかめている。

だが、長年勝太郎に仕えている村木は、今夜の勝太郎が大層上機嫌で、鼻歌でも歌い出しかねないほど気持ちが弾んでいるのがよく分かった。無理にでも顔を引き締めていないと、デレデレと頬がゆるんでしまうのだ。

はて、今宵の談合はよほど首尾良く運んだものらしい……。

村木は胸の裡で思った。今夜、勝太郎は築地精養軒に政府高官を招待し、談合を済ませてきたのだった。

昨年勃発した清との戦争は日本軍の大勝で、すでに勝敗は決していた。これから始まる和平交渉に先駆けて、目端の利く政商たちは、利権のおこぼれに与ろうと、日夜情報収集と接待攻勢に余念がない。

「お帰りなさいませ、御前さま」

居間に入ると妻の佳乃がソファから立ち上がり、しとやかに腰を屈めた。傍らには刺し掛けのフランス刺繍の道具が置かれている。夫が向かいのソファに腰を下ろしてから自分も座り直し、膝に手を揃えて尋ねた。

「お茶になさいますか？　それともいま少し御酒をお持ちいたしましょうか？」

「酒はもうよい。それより、菊乃はどうしている？」

「先ほど部屋に引き取りました。本でも読んでおりましょう」

「呼びなさい。良い話だ」

「おや、何でございます？」

「縁談だ」

勝太郎は満足そうににんまりと笑った。

「相手は伯爵さまの跡継ぎだ。御一新（明治維新）前は大納言のお家柄だというから、大したものさ」

「まあ……」

佳乃は夫とは逆にわずかに眉をひそめた。何と言っても、娘の夫になる相手が公家華族というのが気に入らない。公家に良い感情を持っていないどころか、唾棄すべき輩と見なしていた。実家の小野寺家は五千石の大身旗本だったのが、明治維新ですべてを失い、見る影もなく落ちぶれてしまったのだから。

「それはまた、ずいぶんと急なお話でございますこと……」

「ああ、儂も驚いた。相談が終わって酒の席になったら、西園寺侯からいきなり打診されたのだ。お宅のお嬢さんを二礼伯爵家へ嫁がせるおつもりはないか……とな」

勝太郎はテーブル上の煙草入れから葉巻を一本取り、マッチを擦って火を点けた。今夜の接待相手の西園寺公望侯爵は総理大臣伊藤博文の腹心であり、第二次伊藤内閣に文部大臣として入閣していた。

「菊乃を呼んできておくれ。それから、お茶を三つ」

佳乃は居間の片隅に控えていた女中頭の坂崎成子に命じた。

「かしこまりました」

成子は一礼して静かに部屋を出ていった。佳乃が大堂家に輿入れするとき、実家から付いてきたただ一人の奉公人である。元は御家人の娘で、十四歳で奉公に上がって以来、五十歳になる今日までずっと佳乃の側に仕えてきた。だから言葉に出さなくとも、佳乃の穏やかならざる心境は以心伝心だった。

おいたわしい。奥さまにはいつまでも気苦労の絶えないこと……。

成子は女主人の心中を思い、心から同情した。世が世であれば、五千石取りの旗本の息女が札差上がりの政商に嫁ぐなどあり得ない。しかし瓦解後、小野寺家は収入を得る道を失い、借金で首が回らなくなってしまった。佳乃は借金の形に差し出された人身御供のようなものだと思う。

成子は女中にお茶の用意を命じてから、菊乃の部屋に向かった。

「お嬢さま、居間で御前さまと奥さまがお呼びでございます」

廊下で声をかけてからドアを開くと、菊乃はデスクに向かって読書していた。部屋は洋風で、書き物用のデスクの他に客用のテーブルとゴブラン織りの椅子が置いてある。次の間が寝室で、そこには寝台の他、和洋の箪笥がいく棹も並んでいた。

菊乃は成子を振り向いて頷いた。

「ただいま、参ります」

菊乃は名残惜しかったが本を閉じて立ち上がった。北村透谷が同人として参加した「文學界」という雑誌で、樋口一葉という女流作家の連載小説「たけくらべ」の第二回を読んでいたのだ。昨年の「文學界」に載った一葉の「大つごもり」を読んで、すっかり贔屓になってしまった。この「たけくらべ」も初回から引き込まれて夢中で読んでいる。

「ご用は何かしら？」

廊下に出てから成子に尋ねたが「さあ」と言うばかりではかばかしく答えない。だが、菊乃は何となく縁談ではないかという予感がした。今年数えの二十一歳になる。まさに適齢期で、降るように縁談があるらしい。らしいというのは、話が持ち込まれると父と母がそれぞれ目の細かい篩（ふるい）に掛けるので、そこを上手く通り抜けて菊乃の耳に届いた話は過去に二つしかなかったからだ。どちらも本音はまだ愛娘を嫁にやりたくない両親の意向で、断られてしまったが。

菊乃が居間に入ると、佳乃が隣りの席を目顔で示した。

「こちらにお掛けなさい」

菊乃がソファに腰を下ろすと、勝太郎は話を切り出す前に、目の前に並んだ母子の姿をしみじみと眺めた。とにかく美しい。美人というのは一人だけ見ても美しいが、二人揃うとさらに美しい。その輝きがいや増して、三倍にも四倍にも広がってゆく。しかも、一人は妻で一人は娘、つまりどちらも自分の所有物である。勝太郎はますます得意な気持ちになった。

佳乃は今年数え四十五歳になるが、とてもそんな年には見えない。十歳は若く見える。瓜実顔（うりざね）に小作りな目鼻立ちが、雛（ひな）人形のように整っている。しとやかで楚々とした態度物腰も、生身の女よりは精巧な人形を思わせるところがあった。髪を流行の束髪(そくはつ)に結い、紫の濃淡のお召しに黒繻子(しゅす)の帯を締めた姿はすっきりとして品が良く、錦絵から抜け出してきたようだ。

菊乃は全体に母親より一回り大きい。背が高く、堂々として姿勢が良く、目鼻立ちもくっきりと華やかだった。束髪の先を三つ編みにした「まがれいと」という若い娘に人気の髪型で、紺色の矢絣(やがすり)の小紋を着ている。地味な着物に桜を刺繍した華やかな半襟が映えて、若さの魅力が溢(あふ)れんばかりだ。

そして、菊乃には佳乃にはない大らかさと力強さがあった。気弱に目を伏せたり、ウジウジと口ごもったりといった風情は微塵(みじん)もない。「驕(おご)りの春のうつくしきかな」と後年の和歌が謳い上げた、恐れを知らぬ生命力に満ちていた。のびのびと育ち、挫折や苦労を経験したことがなく、おまけに若くて美しい女なら、それも当然かも知れないが。

「貴族院議員二礼信敬(のぶたか)伯爵から、菊乃をご子息の妻にとのお話があった」

勝太郎は茶を一口飲んでから、何の前置きもなしでズバリと切り出した。

菊乃は黙ってぱちぱちと目を瞬いた。その人物には会ったこともなく、名前すら聞いたことがない。ただ「にれ」とは「楡」と書くのだろうかと、頭の隅でちらりと思った。

「伯爵のご子息は二礼通敬(みちたか)と仰る。御年三十三歳だそうな。帝大を出て、英国に留学した経験もあるというから立派な経歴だ」

菊乃は三十三歳という年齢を考えた。ずいぶんと年上に思われる。佳乃も同じことを思ったようで、訝(いぶか)しげに首をかしげた。

「ご子息は、お年が菊乃とは一回り違うようでございますね。これまでずっとお一人でいらしたのでございますか？」

「いや、一度妻帯している」

勝太郎はわずかに苦い声になった。

「英国留学から帰った後、同じ堂上(とうしょう)華族の娘と結婚した。しかしわずか二年で亡くなったそうだ。以来、独り身だ」

佳乃ははっきりと眉をひそめた。

「御前さま。他にもらい手がないわけではなし、何も菊乃を後添えにやらなくとも……」

「だが、子供もおらんし、悪い話ではないと思う。何しろ当代の伯爵は病(やまい)がちで、遠からず通敬卿が伯爵家を継ぐことになると聞いた。そうなれば菊乃は伯爵夫人だ」

「……でも御前さま、公家のお家はずいぶんと家風も違っておりましょう。先行き菊乃が苦労することになるのではございますまいか？」

「ところが良い塩梅(あんばい)に、向こうは姑がいないのだ。夫人は五年ほど前に亡くなって、当代の伯爵は齢すでに七十過ぎだ。早々に息子に家督を譲って隠居する腹だと聞いた。これなら姑に嫁いびりされる心配もなかろう」

菊乃は黙って両親のやりとりを聞いていた。父は大いに乗り気だが、母は明らかに意に染まぬ様子である。

案の定、それからも娘を伯爵家に嫁がせたい勝太郎と、娘を旧公家、ましてや後添えになどやりたくない佳乃との間で、合意に達することなく、意見は延々とすれ違いを続けた。

そんな両親の様子はすでに慣れっこになっていたので、菊乃は適当な頃合いを見計らっていとまを乞い、自分の部屋へ引き揚げた。

寝室で寝間着に着替え、姫鏡台の前で髪を解いてくしけずりながら、菊乃はこの縁談について考えた。

いくらお母さまが反対なさっても、お父さまのあのご様子では、きっとこの縁談は決まってしまうわ……。

未来の花婿、二礼通敬とはどんな男性だろうと想像した。華族の青年で多少なりとも顔を見知っているのは、二人の兄の友人くらいだった。その青年たちも旧大名の子弟たちで、いずれも武家の出だから、公家華族の子弟というのがよく分からない。光源氏のような人かとも思う。すると白粉（おしろい）を塗って眉を染めた、菊乃からすれば滑稽な姿が目に浮かんで、思わず笑みがこぼれた。

バカね、今時そんな格好をするわけがないわ。

だが、公家と言えば華やかに恋の和歌を取り交わしながら、奔放に恋愛絵巻を繰り広げた雅な平安貴族の姿が思い浮かぶ。

きっと、二礼通敬というお方も、武芸や事業より恋と芸術がお好きな方に違いないわ……。

菊乃は三年前の「女學雑誌」に掲載された北村透谷の一文「厭世詩家と女性」をそっと口ずさんだ。

「恋愛は人世の秘鑰なり、恋愛ありて後人世あり、恋愛を抽き去りたらむには人生何の色味かあらむ……」

菊乃はその浪漫的な思想に魅了されていた。「文學界」を購読したきっかけも北村透谷が同人として参加する雑誌と聞き及んだからだった。その透谷が昨年、芝公園で首吊り自殺したと聞いたときは、耳を疑ったものだ。

未来の夫は英国留学をした光源氏なのだから、きっと浪漫的な結婚生活が送れるだろう……菊乃は自分の夢を信じた。何の疑いも抱かずに。

明治二十八（一八九五）年、二月上旬の寒い夜だった。

大名貸しで権勢を振るった蔵前の札差たちは、ほとんどが明治維新によって財産を失って没落したが、大堂家はその中でしぶとく生き残り、明治二十八（一八九五）年現在、財閥を形成しつつあった。

幕末と維新を通して大堂家の最大の功労者は勝太郎の父、忠左右衛門だろう。いち早く幕藩体制の瓦解を予見し、官軍に金を貸し付けたのみならず、藩札をかき集めて新政府に兌換させて巨利を得た。明治七（一八七四）年五月の台湾出兵に際しても、買い占めた船を軍用船として高値で転売した。もちろん、要所要所に鼻薬を嗅がせ、あるいは人を潜り込ませ、他社に先駆けて新しい情報を入手し、それを的確に分析し、大胆な行動に打って出たからこその成果である。

　忠左右衛門は文政三（一八二〇）年生まれ。若い頃の名を忠太という。跡取り息子ではなく三男坊で、子供の頃から喧嘩っ早くて向こう気が強く、呑む・打つ・買うの放蕩三昧に耽って遂には家を勘当された。その頃、若気の至りで背中に龍の彫物を入れ、本所深川界隈で「昇り龍の忠太」と言えば知られた名だった。ところが長男と次男が流行病で相次いで世を去ったため、天保十五（一八四四）年、忠太が呼び戻されて店を継ぐことになり、名も忠左右衛門に改めた。

　皮肉なことに、忠左右衛門は商才に恵まれていた。人を見る目と先を読む目に曇りがなく、何より腹が据わっていた。激動の幕末期を無事に乗り切ったのは、運も味方したとは言え、忠左右衛門の豪腕あればこそだった。若い頃、何度も修羅場をかいくぐった度胸と勘働きは伊達ではなかったのだ。

　弘化二（一八四五）年に生まれた長男勝太郎は、忠左右衛門の薫陶を受けて育ち、青年時代から実業家として頭角を現した。家業である金融業を順調に発展させたのみならず、明治期に入ってからは貿易と建設業にも事業を広げた。輸入品は砂糖、輸出品は生糸・木綿織物・陶器などが主力である。

元号が明治と改まると、勝太郎は真砂坂と壱岐坂に挟まれた地域に約一万坪の土地を購入した。現在の本郷二丁目辺りで、かつての加賀百万石前田家の上屋敷と御三家水戸徳川家の上屋敷に挟まれた、絶好の立地である。そこに後楽園を模した回遊式築山泉水庭園を持つ総檜数寄屋造りの大邸宅を建設し、蔵前の屋敷から移り住んだ。小島を配し、中央に朱塗りの橋を架けたひょうたん形の池には、すぐ近所にある吉田晴亮商店から取り寄せた錦鯉を遊泳させた。毎朝餌をやりに池の縁に立つと、目にも鮮やかな鯉が群れをなして集まってくるのが自慢であった。

それだけでは飽きたらず、一昨年にはお雇い外国人ジョサイア・コンドルの設計によって、同じ敷地内に英国ジャコビアン様式の洋館を新築した。この時代の上流階級は、同じ敷地内に洋館と日本館の二軒の屋敷を持つことがステータスシンボルだったからだ。シャンデリア、テーブル、椅子、箪笥、ベッド、ステンドグラス、絨毯、カーテンなど、家具調度類はすべてヨーロッパ製を買い集めた。

普通は日本館に居住し、洋館を迎賓館として使うものだが、勝太郎は張り切って洋館を母屋と定めたので、大堂家の生活はにわかに洋式になってしまった。

事業に成功した後、ほとんどの実業家は立派な屋敷を造ることと漁色に精を出す。勝太郎も例外ではなく、新橋の美人芸妓を落籍せて囲っていたし、その場限りの女遊びは数え切れない。そして、それが一段落すると、次に欲しくなるのは名誉である。

まずは落ちぶれた大身旗本の息女佳乃を娶り、雄一郎・恒二郎・菊乃の二男一女をもうけた。男子二人は帝大を卒業後、大堂傘下の会社に入った。雄一郎は数えで二十六歳、恒二郎は二十四歳になる。昨年、旧陶山藩三万石の藩主であった松平義賢子爵の次女筆子を雄一郎の妻に迎えたばかりだ。

旗本の娘を妻に得て、息子の嫁に子爵の娘を迎えたのだから、今度は実の娘を伯爵家に輿入れさせたいと望むのは、勝太郎にしてみれば至極当然であったろう。

「……ったく、倅の奴の了簡ときたら、情けなくて涙が出るわさ」

碁盤にぱちりと白石を置き、大堂忠左右衛門は口をへの字に歪めた。

「そのうち賄賂をばらまいて、てめえも華族さまの列に加えてもらおうって算段だろうよ。いじましい話さ」

「それも面白くてよござんしょう」

小野寺久はからかうように言って黒石を置いた。

「肝っ玉が小さいだけさ。鶏口となるも牛後となるなかれって、孔子さまのお言葉でしたっけね、若さま？」

「ご隠居、あたしにそんなこと聞くのは野暮ですよ。文武両道、からきしご縁がございませんでね」

久が黒石を置くと、忠左右衛門はうっと声を漏らした。

「……これはまた、いきなりこう来たか」

久は涼しい顔で進退窮まった様子の忠左右衛門を眺めている。

「お祖父さま、伯父さま、お茶が入りました」

菊乃が盆を捧げて居間に入ると、忠左右衛門は大袈裟（おおげさ）にホッとしたような顔をした。

「そういうわけで、若さま、ちょいと一休みだ」

「ま、仕方ありませんな。あたしも可愛い姪っ子の前で、ご隠居に止（とど）めを刺したくはありませんからね」

忠左右衛門と久は碁盤から離れ、湯呑み茶碗に手を伸ばした。

ここは大堂邸の日本建築の屋敷で、今は忠左右衛門が隠居所として住まっている他は、茶会や能の観劇など、主に来客用に使われている。菊乃は毎日祖父のご機嫌伺いに訪れては、あれこれおしゃべりするのが楽しみだった。

「お祖父さま、お父さまが華族になれますの？」

「なれるともさ」

忠左右衛門は眼を細めて頷いた。

「御一新前も、金で御家人の株を買って侍になる町人がいたものだ。あんなものになって何が嬉（うれ）しいのか、俺にゃとんと分からんが」

「まったく。侍なんてあれもダメこれもダメと御法度に縛られて、窮屈この上ないしろものですさ」

久も賛同して茶を啜（すす）った。

「いつの世も、人のやることはそう違わないもんだ。おまえのお父っつぁんも、いずれ金に飽かせて華族の株を買うだろうさ」

「それはいつ頃？」

「そうさなあ……」

忠左右衛門はいくぶん首をかしげて考え込んだ。代わって久が答えた。

「急には無理さ。こういうことは根回しに時間が掛かるんだ。いずれにせよ、お菊ちゃんの嫁入りには間に合わないよ」

「あら、がっかり」

「何だ、お菊ちゃんまで華族になりたいのか」

「だって、お父さまの欲しがるものって、いつも素晴らしく綺麗（きれい）でしょう？　このお屋敷とかお庭とか池の鯉とか……お母さまも。だから華族も良いものじゃないかと思うんです」

　忠左右衛門はふっと微笑んだ。

「それはすぐに分かるさ。嫁に行けばお菊も華族の仲間入りだ」

　菊乃はそれは違うのではないかと思った。自ら華族に叙せられるのと、華族の家に嫁いで一員になるのとでは……。

　小野寺久は佳乃の三歳違いの兄だった。嘉永元（一八四八）年生まれで、かつては久馬と名乗っていた。大身旗本の次男坊らしく、囲碁・将棋・俳諧・三味線・小唄・端唄・芸者遊びに女郎買いと、遊び事なら何でもござれだったが武芸などからきしで、刀を抜いたこともないという輩だった。部屋住みの頃、吉原の売れっ子花魁に惚れられて浮き名を流し「三味線堀の久馬」と謳われたという。

「徳川が戦なんかして、勝てるわきゃなかったのさ。みんな俺とどっこいどっこいの、まともにやっとうの稽古なんぞしたことのねえ連中が揃ってたんだから」

　忠左右衛門の隠居所に来ると、久は平然とそんな台詞を口にした。

「死にもの狂いで段平振り回してる芋侍とは、所詮出来が違うのよ」

　両親の期待を一身に集めていた小野寺家の嫡男は彰義隊に入隊し、わずか二十二歳で戦死した。久はのらりくらりと戦から距離を置き、生き延びた。維新後は仕事を転々として……と言うより、馴染みの芸者のもとを転々としていたが、今は新橋の置屋の亭主に収まっている。

当然ながら、佳乃はこの兄を快く思っていない。謂わば身売りするようなつもりで大堂家に嫁いだというのに、それからほどなく、両親は相次いで世を去った。おそらく、嫡男の死で生きる気力を失っていたのだろう。もはや小野寺家を背負って立つのは久一人しか残されていない。それなのに、心を入れ替えて家を再興するどころか、芸者のヒモになってしまったのだ。

勝太郎もまた、この不名誉な年下の義兄が気に入らない。起業するという約束で渡した金を遊興に遣われたことが何度もあったので、今では母屋の洋館への出入りを禁止していた。

ところが、忠左右衛門はこの久を気に入っているようだった。どこか馬が合うらしく、三日に上げずやって来る久を座敷に上げ、日が暮れるまで碁を打っている。月に二、三度、小遣い程度の金を渡しているらしい。札差として小野寺家とは付き合いが深かったので、子供の頃から見知っていたが、親交が生まれたのは、佳乃の輿入れを機に久が大堂家に出入りするようになってからのことだ。昔の癖でいまだに久を「若さま」と呼んでいる。

忠左右衛門は今年七十六歳になる。髪は白くなり、顔には深い皺が刻まれ、背中も丸くなった。しかし毎朝庭園内を散歩し、食も進み、病気とは縁がない。事業からは完全に引退してしまったが、いまだに頭脳明晰で、冷静な判断力を保っている。野心と山っ気は薄れたが、気力そのものは衰えていなかった。

久は四十八歳。すでに初老と呼ばれる年齢だが、一家の重責を担う役割を免れて生きてきたせいか、年よりずっと若々しい。軽妙洒脱な雰囲気を身にまとい、口にするのは皮肉と諧謔（かいぎゃく）ばかりだ。侍の身分を失って芸者置屋の亭主になったことを、少しも後悔していないらしい。

菊乃はと言えば、祖父と伯父が大好きだった。父も母も二人の兄も、優秀だがおよそ面白味のない人たちだった。ところがこの祖父と伯父ときたら、片や「昇り龍の忠太」、片や「三味線堀の久馬」である。二人のやりとりは伝法で歯切れがよく、芝居でも見ているようだ。面白くて堪らない。だから隠居所にやって来ると、菊乃の言葉遣いは通常よりいくらかくだけたものになる。

忠左右衛門と久も菊乃がお気に入りだった。もちろん菊乃が美しく聡明な娘で、二人を心から好いているというのが大きな理由だが、それだけではない。三人は年齢も生まれ育ちもまるで違っていたが、何処（どこ）か共鳴するものがあった。互いにそれを感じていた。

「で、お菊や。おまえは公家の婿さんをどう思う？」

「光源氏のような方だと思うわ。英国に留学していらしたというから、舶来の光源氏ね」

忠左右衛門と久は声を立てて笑った。

「まあ、おまえがいやでなければいいさ。しかし、面倒臭い段取りを踏まなきゃならんのだろう？」

明治十七（一八八四）年の華族令によって、華族子弟の婚姻は宮内卿の許可を得るべしと定められている。実質的には華族、もしくは皇族以外との結婚は許可されない。しかしこれには抜け道があって、しかるべき華族の養女という形を取れば許可された。江戸時代にも町人の娘が武家に嫁ぐ場合、同様の手続きを取ったものだ。

「雄一郎の嫁さんの実家が子爵だから、大して面倒なこともないでしょう」

久は煙草盆を引き寄せ、煙管に刻みを詰めた。

「それに、華族になってもほとんどのお公家さんは貧乏ですからね。大堂家からの持参金がフイになったら大事だから、下にも置かぬ扱いをしてくれるはずですよ」

そう言いながら火鉢の炭を火箸で取り、一服吸い付けた。

「まして不細工ならともかく、花嫁がお菊ちゃんなら上々の吉だ」

久はにっこり笑って美味そうに煙を吐いた。

二礼家が持参金目当てなのは最初から分かっていたことなので、久のずばりとした物言いに、菊乃は気を悪くしていない。二礼家に限らず、大堂家に持ち込まれる縁談はすべて事業がらみか金目当てだということは、菊乃も二人の兄も、とうの昔に気が付いていた。それを不満に思ったことはない。むしろ有利な立場で結婚出来ることを幸運に思い、世間から見て「身分違いの結婚」を躊躇する気持ちは少しもなかった。それは長男雄一郎の結婚が非常に上手くいっていることが大きい。大名華族の家から嫁いできた筆子は、当初の思惑はどうあれ、美男で凛々しい夫にすぐ夢中になってしまった。実家は貧乏大名だったから、大堂家の贅沢な生活も気に入ったのだろう。筆子は現在妊娠八ヶ月目に入っている。

菊乃が反応したのは、久の後の方の発言だ。

そうよ、私は美しいんだもの。きっと大切にしてもらえるわ。最初はお金が目当てだったとしても、私自身にそれ以上の価値があることにすぐ気が付くわ。そして夫婦相和して、末永く幸せに暮らすのよ……。

大堂菊乃は明治八（一八七五）年九月、勝太郎・佳乃夫妻の第三子として生まれた。上の二人が男子であったため、夫妻は初めての女子の誕生を心から喜び、重陽を寿いで菊乃と名付けた。

この時代の裕福な上流家庭ではみなそうしていたように、菊乃にも生まれ落ちると同時に乳母と養育係が付けられた。そして学齢に達すると、神田川に架かる水道橋を渡った南、中猿楽町（現在の千代田区西神田二丁目）にある跡見学校に入学した。

跡見学校は跡見花蹊が明治三（一八七〇）年、東京に開いた私塾から始まる。幕末から京都で父の塾を継ぎ、女子教育者として高名だった花蹊は、赤坂御所において女官教育にも当たっており、塾には多くの上流階級の子女が集まった。そこで明治七（一八七四）年、中猿楽町に校舎を新築し、翌年一月八日に学校を開設した。日本人の作った初めての私立女学校である。同時期に他に女学校は女子師範学校の前身の竹橋女学校と横浜のフェリス女学校しかなく、華族女学校も創設前であったため、宮家の女王も入学してきた。当時の校舎は周囲に薔薇の生け垣をめぐらせてあり、人々から「薔薇学校」と称された。

菊乃は数え七歳から十三歳までの六年間、その美しい学校で学んだ。敷地内には「お塾」と呼ばれる寄宿舎があり、生徒の半数はそこに寄宿して、家族的な雰囲気の中で学校生活を送っていた。菊乃も寄宿舎に入りたかったが両親に許されず、毎日人力車に乗って本郷弓町から中猿楽町まで、一キロほどの道のりを通ったのだった。

跡見花蹊が目指したものは「新時代に後れを取らぬ女子教育」であった。当初の教科は国語・漢籍・算術・習字・裁縫・挿花・点茶・絵画などだが、明治十八（一八八五）年からはアメリカ人のワツソン夫人を教師に招聘して英語教育にも取り組んだ。また、生徒たちの健康に留意し、運動踊りという一種の体操も日課とされた。

菊乃が健康でのびのびと育ったのも、基礎的な英語力が身についたのも、跡見学校の教育のお陰と言って良い。そして学校で学んだ茶の湯・生け花・和歌・箏曲・絵画などは、卒業してからも個人の教授を頼んで稽古を続けていた。それは勉強というより趣味だったが、幅広い趣味を持って楽しみが広がったことに、菊乃は感謝していた。

だってお嫁に行ったら、旦那さまがどんなご趣味を持っているか分からない。でも、色々な趣味を持っていれば、どれか一つくらいは一緒に楽しめるものがあるはずだわ。

菊乃はいまだに跡見学校で着用していた紫色の袴を簞笥にしまってある。卒業したらもう穿(は)くことはないのだが、楽しい想い出が詰まっていて捨てられない。たまに抽出(ひきだし)を開けて取り出しては、当時のことを懐かしく思い出した。

校長である跡見花蹊は、とにかく素晴らしい才媛で、習字でも和歌でも絵画でも、その手になる作品は惚れ惚れするほどの出来映えだった。一代で日本人として初めて私立女学校を創立し、経営を軌道に乗せただけに芯が強く、教育熱心で厳しい人ではあったが、生徒たちに対する愛情は深く、軽妙洒脱に冗談を口にする面もあった。生徒たちはみな花蹊を先生ではなく「お師匠さん」と呼んで慕っていた。

その跡見学校は菊乃が卒業した翌年の明治二十一（一八八八）年、生徒数が増えて手狭になったため、中猿楽町から小石川柳町（現在の文京区小石川一丁目）に移転してしまった。もうあの薔薇の生け垣に囲まれた校舎はなくなってしまったのかと思うと、寂しくて胸の中を風が吹く気持ちがする。

でも……と、菊乃は目を袴から窓に転じて思い直す。

これからまた、楽しい想い出が沢山出来るわ。伯爵夫人になるんですもの。晩餐会を開いて、大勢のお客さまを招待しましょう。お芝居や音楽会にも出掛けましょう。ああ、そうだわ。いつか外国へ旅行してみたい。ロンドン、パリ、ウィーン……。

本の中でしか知らない外国の風景を思い描いて、菊乃は空想に身を浸した。馬車に乗り、写真で見た街並みを走ってゆく姿が目に浮かぶようだ。

菊乃の縁談は性急と言っても良いほどの速さで進行していった。

事の発端は二礼伯爵が親交のある西園寺公望侯爵に子息の縁談を相談したことにある。西園寺侯は岩崎、三井、住友、渋沢、大倉など、めぼしい政商・財閥の候補の中から大堂勝太郎を選び、打診した。大堂家に庶出ではない適齢期の娘がいて、しかも才色兼備の評判が高いと小耳に挟んだからである。勝太郎にとってはそれだけでも名誉なことだった。金の欲しい旧公家華族と名誉の欲しい政商、どちらにとっても渡りに船の良縁だから、妨げるものは何もない。勝太郎は二礼伯爵と通敬父子に何度も面会し、相手の要望を忖度しつつ、実務家らしくてきぱきと事を運んでいった。

結納は三月吉日と決まり、その前に当人同士顔合わせをさせておこうというので、梅の花が咲き匂う二月の終わり、築地明石町のメトロポールホテルでごく内輪の食事会をすることになった。

築地は幕末から外国人居留地が設けられている。その関係もあって明治になると、精養軒など洋風の飲食店が開店した。メトロポールホテルは居留地を象徴するような高級ホテルで、常時外国人観光客で賑わっていた。

「まったく、御前さまがあんまり急いでお決めになるものだから、嫁入り支度が間に合いませんよ。今日だって、本当はあの枝垂れ桜の反物を仕立てて着せたかったのに」

女中たちを監督して菊乃に着付けをさせながら、佳乃はつい愚痴をこぼしていた。諦めきれない反物は昨日出入りの呉服屋に見せられた品で、一目で気に入って仕立てに出したのだが、昨日の今日ではとうてい間に合わない。無理に急かせて仕上がりに不備が出たらかえって困る。諦めて第二候補を着せるしかなかった。

「せめて、もう二、三日先に延ばしてくだされればよかったのに」

今、菊乃が着ている振り袖は、黒羽二重に紅梅と白梅を染め出した京友禅で、刺繡がたっぷりと施されているのでずしりと重い。丸帯は金地に鶯(うぐいす)を織り出した綴(つづ)れ織りだ。

「お母さま、この柄もとても良うございますわ。枝垂れ桜の振り袖は、結納の日に着たら如何でしょう？　きっと映えますすわ」

菊乃は母の機嫌を取るように提案した。

「……そうねえ。それも良いかも知れないわねえ」

佳乃は諦め顔で溜息を吐(つ)く。今日の装いは青灰色の色留袖で、束ね熨斗(のし)と南天を組み合わせた裾模様。帯は黒地で菱取りに配した唐草模様だった。どちらもこの日のために誂(あつら)えて、昨日呉服屋が仕立て上がりを届けてきたものだ。

ここは大堂家の佳乃の居室で、大理石のマントルピースを設えた五十畳ほどの洋間に椅子とテーブル、ソファ、サイドテーブル、本棚などが品良く配置されている。

「それよりも、頭が重いわ、お母さま。やっぱり束髪にすれば良かった」

佳乃の言いつけで、今日は高島田に髪を結った。女髪結いが弟子を連れて屋敷へやって来て、手際良く仕上げてくれたのだが、菊乃は鬢付け油のにおいがあまり好きになれない。それに、ぎゅうぎゅう髪を引っ張られるのもいやだった。

「文句を言うんじゃありません。おしゃれは我慢が肝心です」

そう言う佳乃は束髪で、いかにも軽々としていて楽そうだ。

私も結婚したら、絶対に日本髪なんか結わないわ。

菊乃は心の中でそう誓った。

「まあ、綺麗だこと」

着付けを終えた娘の姿に、佳乃は思わず声を上げた。上背があるだけに大胆な柄ゆきの着物がひときわ似合う。立て矢に結んだ帯も華やかだ。貧相な体格の娘が大きく帯を結ぶと、荷物を背負っているように見えてしまうが、菊乃にそんな心配は無用だった。

「なんとまあ、見立てがおありになって、お美しい」

「このお召し物をこんなに見事に着こなせる令嬢は、滅多においでになりませんよ」

女中たちも感に堪えたように褒めそやした。それが決してお世辞でないことを、姿見に映った自分を眺めて、菊乃は確信していた。

「奥さま、お嬢さま、お疲れさまでございました。お茶をお持ちいたしました。一休みなさいまし」

坂崎成子がポットと紅茶茶碗を載せた盆を持って部屋に入ってきた。後ろには菓子の盆を捧げた若い女中が続く。

「何だか、出掛ける前から疲れてしまったわ」

菊乃は佳乃と向き合って腰を下ろし、紅茶茶碗を手に取った。洋皿には京橋にある凮月（ふうげつ）堂のビスカウトとシュアラケレムが載っている。主人が横浜で洋菓子を学んだので、本場の味という評判だ。

「メトロポールホテルなら、お食事は洋食ね？」

佳乃はうんざりした顔で頷いた。

「私はいまだに洋食があまり好きになれませんよ。ナイフとフォークがテーブルにずらりと並ぶのも、何だか仰々しくて」

大堂家ほどの富豪になると、屋敷に客を招いての晩餐も多い。料理人は和食も洋食も作れる者を雇っている。主人一家も正式なテーブルマナーを学んでいるからフルコースを出されても動じることはないが、牛肉を好む勝太郎と反対に、佳乃は肉類が苦手だった。

「でも、洋食のデザートは美味しいわ。お母さまもアイスクリームがお好きでしょ？」

「そうねえ」

母と娘がおしゃべりに興じているところへ、フロックコートを着た勝太郎が顔を出した。

「支度は出来たか？」

「はい」

佳乃と菊乃は答えて立ち上がった。勝太郎は二人の姿を見て眼を細め、満足気に頷いた。

「では、出掛けるとするか。少し早いが、相手を待たせるのも具合が悪かろう」


馬車でメトロポールホテルに乗り付け、大堂家の親子三人はロビーを抜けて豪奢な食堂へと進んだ。勝太郎が入口で名乗ると、支配人が恭しく席へと案内した。奥まった一角が周囲と仕切ってあり、個室のようになっている。中には真っ白いクロスを掛けた丸テーブルが用意されていた。

席について待っていると、ほどなくして支配人が二礼伯爵と令息を案内してきた。親子ともフロックコートにシルクハットの礼装である。部屋の入口でシルクハットを脱ぐと、すかさず係のボーイが受け取った。大堂家の親子は一斉に椅子から腰を浮かせ、立ち上がって出迎えた。

「本日はご多忙中をお運びいただきまして、ありがとう存じます」

「いやいや、こちらこそお招きに与り恐縮です」

型通りの挨拶が交わされ、一同席に着くと、二礼伯爵は珍しそうにぐるりと周囲を見回して言った。

「それにしても、メトロポールホテルですか。日本にこんな本式の西洋式ホテルが出来るとは、ちょっと前まで考えられへんことでした」

「まったくですな。東京となって江戸はすっかり変わりました。つい七、八年前まで、鹿鳴館で毎晩のように舞踏会が開かれていましたっけが……」

「鹿鳴館は確か、去年の地震の後、華族会館に払い下げになられはったはずですな」

勝太郎は鹿鳴館を設計したジョサイア・コンドルが大堂邸の設計を手掛けたのだと、子供のような無邪気さで自慢した。二礼伯爵と通敬は鷹揚に笑って頷いている。菊乃は伯爵が「ほっほっほ」と口をすぼめて笑うのに面食らった。

勝太郎と伯爵親子はすでに何度も面談しているので、それなりにうち解けていたが、佳乃と菊乃母子は緊張していた。

その気配を察したものか、伯爵は佳乃と菊乃を交互に見て、にっこりと微笑んだ。

「噂には聞いておりましたが、まことにお美しい夫人と令嬢でおじゃります。大堂さんは果報者ですな」

初対面の緊張を和らげるように、二礼伯爵は嬉しがらせを口にした。ほっそり痩せた小柄な老人で、髪は白というより綺麗な銀髪だった。面長の顔に重たげな一重まぶたの目、筋の通った鼻と、人が思い描く典型的な「公家顔」をしている。言葉には京訛りが強く、物言いが柔らかい。そのせいか女相手にお世辞を言うのが板についていて、日頃大堂家に招かれる旧薩長出身の政府高官たちの武張った感じとは、まるで違っていた。彼らは「わっはっは」と大きく口を開けて笑い、伯爵のように「ほっほっほ」と口をすぼめるような笑い方は決してしなかった。

菊乃は二礼通敬に目を移した。せっかく夫となる男性(ひと)と対面しながら、目を伏せてテーブルクロスだけ見ているつもりはなかった。どういう人となりなのかはっきり見極めようと、真っ直ぐに目を向けた。

通敬も勝太郎に向けていた顔を戻し、菊乃と正面から向き合う形になった。そして菊乃の視線を受けて、わずかに微笑んだ。珍しいものを見た好奇心から微笑を誘われたようでもあり、いささか閉口して苦笑を漏らしたようにも見える、曖昧(あいまい)な笑みだった。

菊乃が心臓を鷲摑(わしづか)みにされたような衝撃を受けたのは、まさにその瞬間だった。目の前の男に一瞬で心を奪われてしまったのだ。頬がカッと熱くなるのが自分で分かった。

通敬は父親とは対照的にすらりと背が高く、脚が長く肩幅が広く、西洋人のような体型でフロックコートがとてもよく似合った。それでいながら顔立ちは純日本風だった。父親と同じ一重まぶただが、黒目がちの目は切れ長でまつげが長く、涼しげでありながら妖しい魅力に溢れていた。鼻筋が通り、唇はいくらか薄めで、きりりと引き締まっていた。漆黒の髪は豊かで艶があり、シャンデリアの光に照らされて、緑を混ぜたような輝きを放った。三十三歳という年齢は、魅力を増しこそすれ、いささかも減じていないようだ。

つまり大層な美男だった。しかし、菊乃はその美貌に打たれたわけではない。美男というなら佳乃の血を受け継いだ二人の兄も非常に美しい顔立ちをしている。伯父の久も中年ながら、旗本崩れの色気のある美男だった。だが、通敬の美貌はそれらとはまったく異質だった。

菊乃の兄、雄一郎と恒二郎は怜悧（れいり）さと凛々しさが顔に表れている。久は放蕩を重ねた末の崩れた色気が目立っている。

通敬は底が知れない。明晰なのか愚鈍なのか、優しいのか冷酷なのか、善性なのか性悪なのか、菊乃にはまるで分からない。通敬に似た人には会ったことがない。千年掛けて混じり合った血の濃さが、得体の知れない魔性となって巣くっているかのようだ。

「跡見学校に通っておられたのですか？」

通敬が初めて菊乃に問いかけた。アクセントにいくらか京風の訛りはあるが、父親ほどではない。

「はい」

答えながら、頭の中では砂糖菓子のような声だと思っていた。舌の上に載せた途端、蕩（とろ）けてしまうような甘い声。天気の話をしていても、恋の囁（ささや）きに聞こえてしまう声。こんな声を持っている男の人は……。

「跡見花蹊の塾は京都でもとても評判が良かったと聞いています。跡見学校も、ずいぶんと人気があるようですね」

「はい。とても……楽しい学校でございました」

菊乃はやっとそれだけ答えた。前の校舎は生け垣に薔薇が咲き乱れて薔薇学校と呼ばれていた、生徒が増え過ぎて小石川に移転した、女生徒たちの穿いている紫の袴が評判になった……跡見学校に関して話題はいくらでもあるのに、いざ話そうとするとしどろもどろになりそうで、怖くて口に出来ない。こんな経験は生まれて初めてだった。

メトロポールホテルで供されたフランス料理のフルコースを、日頃の健啖（けんたん）からは考えられないことだが、菊乃はデザート以外どの皿も半分ほど残してしまった。通敬を目の前にすると、何やら魂が消し飛んでしまうような気分で、どんな料理が出てきたかさえ上の空になってしまった。ときどき起こる伯爵の「ほっほっほ」という笑いで現実に引き戻されるのだった。

「どうやら、菊乃は通敬卿がすっかり気に入ったようだな」

帰りの馬車に揺られながら、勝太郎が満足そうに頬をゆるめた。

図星を指されて、菊乃は傍から自分がどのように見えていたかに思い至り、恥ずかしくて両手で顔を覆いたくなった。それでも必死に何食わぬ顔をつくろい、佳乃に聞いた。

「はい。大変ご立派な方でいらっしゃいます。お母さまは？」
「私も安心いたしました。優しそうな方でございますね」
「そうだろう。儂の目に狂いはないさ」
勝太郎は笑顔になって、大きく頷いた。

公家、諸侯の称を廃して新たに華族という呼称が決まったのは明治二（一八六九）年六月の太政官達による。そして明治十七（一八八四）年七月に制定された華族令によって華族の身分を公・侯・伯・子・男の五等の爵位に分け、さらに「勲功華族」を誕生させて、正式な華族制度が完成した。

このときの「叙爵内規」によれば、公爵は皇族から臣位になった者、徳川宗家・五摂家（近衛・九条・二条・一条・鷹司）。侯爵は清華家（久我・三条・西園寺・徳大寺・花山院・大炊御門・菊亭・広幡・醍醐）・徳川御三家・十五万石以上の大名。伯爵は大納言までの堂上公家・徳川御三卿・五万石以上の大名。子爵は維新前に家を興した堂上公家・五万石未満の大名。男爵は将軍より藩主に付けていた家老（附家老）及び藩主の分家。

そして、それぞれの爵位に「国家に勲功ある者」の叙爵項目が加えられた。これによって伊藤博文（公爵）ら維新の志士、後年の東郷平八郎（侯爵）・乃木希典（伯爵）ら戦功著しい軍人や、三井・三菱を始めとする財閥の当主たち（渋沢栄一の子爵以外はすべて男爵）が爵位を得た。

　また、本来なら侯爵であったはずの島津家や毛利家、子爵のはずの岩倉具視などは維新の勲功によって公爵に叙せられ、朝敵とされた南部家などは大藩ながら伯爵止まりであった。

　明治十七（一八八四）年に成立した華族は、公爵十一家、侯爵二十四家、伯爵七十六家、子爵三百二十七家、男爵七十四家の合計五百十二家であったが、その後も増え続け、昭和二十二（一九四七）年に華族制度が廃止された時点では九百十三家となっていた。

　ちなみにフランス貴族は二十万～四十万家、ドイツ貴族は二万家、英国は上級貴族千家・下級貴族四千家の計五千家である。


　菊乃は毎日夢見心地で時を過ごしている。二礼通敬のことを考えると頭がぼうっとして頬が火照り、胸がときめいて最後はきゅっと締め付けられるように苦しくなる。

　恋をしているんだわ……。

　すでにはっきりと自覚していた。これまでのような漠然とした憧れや空想とは違う。物語の中の人物や歌舞伎役者に胸をときめかせていたのとは違う。二礼通敬という現実の、生身の男に激しく心惹かれているのだ。

　メトロポールホテルでの顔合わせの後、三月に入ってから通敬とは三度会った。結納の前に両親と共に二礼家を訪れ、そこで初めて親族たちに紹介された。結納は大堂家に二礼家の人々を招待して華やかに行われた。その数日後、二礼家が答礼の宴を催し、大堂家の家族が招かれた。だから菊乃は通敬ゆかりの人々について、いくらか予備知識を得ている。

　二礼信敬伯爵の夫人で通敬の母である達子は五年前に亡くなった。夫人の実家は二礼家と同じ堂上華族の家柄で、現在は伯爵に叙せられた琴平家である。通敬には秀敬という三つ違いの兄がいて、海軍士官となったが、三年前に亡くなった。秀敬の夫人五百子は蒔田侯爵の令嬢で、子供はいなかったが夫亡き後も実家に戻らず、二礼家で暮らしている。通敬には他に忠敬という二歳下の弟と、祥子という六歳下の妹がいるが、忠敬は長尾子爵家に養子に行き、祥子は河村男爵家に縁付いた。女中頭の一柳睦子は、達子夫人の輿入れに際し、実家の琴平家から付き従って二礼家に入り、以来現在に至るまで家政を取り仕切っているという。

　それを聞かされたとき、菊乃は咄嗟に大堂家の女中頭坂崎成子を思い浮かべた。成子もまた、佳乃の輿入れに付いて実家の小野寺家から大堂家に入り、女中たちの上に君臨している。家族の世話から来客の接待、百人単位の大宴会の準備まで、成子なくしては大堂家の生活は成り立たない。

　きっと礼儀作法や世の中の決めごとに詳しいのでしょうね。そして、亡くなった奥さまに対する忠誠心の固まりに違いないわ。

成子は厳しく口やかましい女で、躾となれば菊乃に対しても容赦なかった。しかし、極めて善良で正直な性格であり、佳乃のためならば命も捨てようという覚悟を以て仕えていた。だから菊乃も二人の兄たちも、成子の言うことには従わざるを得なかった。

菊乃はこれまでに通敬と四度会った。だが、それはあくまでも家族ぐるみであって、二人だけで会ったことは一度もない。だから込み入った話をする機会はなく、社交辞令とその延長のような会話を交わしたに過ぎない。

それでも、通敬が凡庸な男でないことを、ちょっとした会話から感じ取っていた。感受性が鋭く、知識が豊富で、趣味の良いことは、言葉の端々にも表れるものだ。菊乃の知る人の中で趣味が良いと言えば伯父の久だが、通敬は粋ではなく典雅を好むようだった。それに留学で身につけた英国流が少し混じる。そこがまた新鮮で、他愛もない言葉のやりとりをしていても、菊乃はうっとりと幸福に酔うことが出来た。

しかし一人になると、時としてすでにこの世にはないもう一人の女の存在に思いを馳せた。通敬の前妻、美香子である。二礼家と同じ堂上華族であった久松子爵家の令嬢で、十八歳で輿入れし、わずか二年で病死したという。勿論、誰も菊乃の前で美香子のことを口にしたりしない。だから気になった。

どんな女性だったのだろうと思う。お公家さんのお姫さまだから、大人しくてしとやかな人だったのだろうか？　帝大を卒業してロンドンに二年留学した後に結婚したのだから、通敬は二十五歳。その頃はどんな青年だったのだろう？　今も若々しいが、その頃はもっと若かった。その頃の通敬にあって今は失われたもの、今の通敬にあってその頃にはまだ備わっていなかったものは何だろう？

自分の知らない二十五歳の通敬をその女が知っていたことに、菊乃は軽い嫉妬さえ覚える。そして、自分が嫉妬しているという事実に驚き、同時に幸せがこみ上げてくる。嫉妬、それも死んだ女に嫉妬するほど愚かなことはない。だが、そうせずにはいられないほど菊乃は惹かれている。その惹かれている男の妻となれる。何という幸運だろう。恐ろしいほどだ……。

「お嬢さま、そろそろお召し替えなさいませんと、刻限に間に合いませんでございますよ」

成子がドアを開けて顔を出した。菊乃は空想の世界から現実に引き戻された。

「ええ。今から着替えます」

今日は大堂家の観桜の宴だった。庭園には早咲きの桜を三十本ほど移植した一角があって、十五年ほど前から毎年花の咲く頃になると、勝太郎は盛大な園遊会を催していた。庭に緋毛氈を敷いて野点をするほか、随所に料理と飲み物の屋台を出し、椅子とテーブル席のある休憩所をいくつも設けた。接客には新橋の芸妓を大勢呼んで華を添える。日本建築の能舞台では宝生流の能が演じられるほか、手品や曲芸の芸人も呼んで芸を披露させた。

招待客は千人近くに上り、政財界の大物から軍人、文人画家、力士、役者まで様々だった。

例年ならそれはすべて勝太郎の社交戦略の一環で、菊乃にはあまり関係がない。しかし、今年は通敬と二礼伯爵、そして五百子も招待されているので、菊乃も前日からソワソワしていた。

女中に手伝わせながら大振り袖を着て丸帯を締めた。昨日、数ある着物の中から佳乃の選んだ一着は、道長取りに絞りと刺繡で桜を配した京友禅に、亀甲柄の白地の帯だった。芸妓が大勢手伝いに来るので、髪型は日本髪を避けて束髪に結い、大きなリボンを付けた。

姿見を眺め、菊乃は微笑んだ。これで良い。とても美しい。

一階に下りていき居間に入ると、両親はすでに正装に身を固めてソファに座っていた。今日は勝太郎も紋付き羽織袴の和装だった。

「お兄さまたちは？」

「もうお玄関に出て、お客さまをお迎えする準備をしていますよ」

山桜を染め出した裾模様を着た佳乃が答えた。

雄一郎の妻筆子は臨月に入ったので、今週から公式の集まりはすべて出席を控えることになった。今日の園遊会では、主人側の若い女性は菊乃一人である。

「それじゃあ、私もお玄関に行った方がよいかしら？」

「あなたはまだよろしいでしょう」

佳乃も勝太郎も、今日の菊乃の装いに眼を細めている。まだ早いのは承知していたが、もうすぐ通敬に会えると思うと、菊乃はおちおち座っていられなかった。

「私、やっぱりお兄さまたちとお出迎えして参ります」

さっと踵を返し、足取りも軽く玄関へと急いだ。


午後一時を過ぎると、招待客が続々と大堂家に集まってきた。

主人一家は最初は玄関ポーチに立って来賓を出迎え、次は庭に出て招待客の間を回り、挨拶をしていった。

「伯父さま」

屋台店の前に立って、二人の若い芸妓相手に軽口を叩いていた久が振り向いた。珍しく黒紋付きを着ている。

「いらっしゃいませ」

久はいくらかばつの悪そうな顔で苦笑いを浮かべた。久は大堂家の母屋は勿論、公の席はすべて出入り禁止になっている。だから結納にも出席していない。

「ご隠居に呼ばれてね。能の舞台を拝見したら早々に引き揚げるつもりだから、お菊ちゃんのお父っつぁんとおっ母さんには大目に見てもらっておくれな」

「そんなご遠慮なさらないで。どうぞごゆっくり……」

言い止して、菊乃はハッと息を呑んだ。二礼通敬と伯爵、五百子の三人が玄関の方へ向かう姿が目に入った。

「ようこそお越しくださいました。お出迎えもいたしませんで失礼いたしました」

菊乃は小走りに近寄って、三人の前で頭を下げた。

「いや、遅くなりました。大堂さんにご挨拶しようと思いましたが、こう人が多くては……」

伯爵はそう言って「ほっほっほ」と口をすぼめた。

「ご盛況で、結構なことです」

通敬が後を引き取って言った。

「菊乃さん、ごきげんよう」

五百子が続いて挨拶した。その物言いは伯爵と同じ、柔らかな京訛りである。伯爵と五百子は和装だが、通敬はフロックコートにシルクハットだった。

「両親は今、池の向こうの方に参っております。ご案内いたします」

「いや、いや。お客さまのお相手でお忙しそうやよって、ここで桜を眺めながら、待たしてもらいましょ」

伯爵は桜を見上げてのんびりと言った。

「それでは、しばしお待ちくださいませ」

菊乃は久のいる方にとって返すと、二人の芸妓に伯爵一行に飲み物を運ぶように命じた。久は通敬たちの方をちらりと見て、珍しいものでも見るような目をした。

「あれが、お菊ちゃんの婿さんかえ？」

「はい。ご紹介しますわ」

「いや、いいよ。俺は遠慮しておく」

「そんなこと仰らないで」

菊乃は強引に久を二礼家の三人の前に連れて行った。

「みなさま、ご紹介いたします。小野寺の伯父でございます」

初めて見る顔に、二礼家の三人は戸惑ったような表情を浮かべ、訝しげに久を眺めた。

「どうもご挨拶が遅れまして。お初にお目にかかります。小野寺久と申します。この度はご婚約おめでとう存じます。末永く姪をお引き立てくださいますようお願いいたします」

二礼家の三人もあわてて挨拶を返そうとしたが、久は手を振ってにやりと笑った。

「どうぞお気遣いなく。まあ、私は数に入らない人間ですから、いないものと思って、これっきりすっぱりとお忘れください」

言うが早いか、風のようにその場を去った。

「面白いお方」

五百子がクスリと微笑んだ。

「伯父は両親と相性が悪いのですが、祖父とはとても仲がよろしいんですの」

「……なるほど」

通敬の言葉に伯爵と五百子は頷いた。一瞬だが、三人は素早く目配せを交わした。菊乃がその意味するものに気付く前に、五百子が笑顔で口を開いた。

「菊乃さんは今日も素晴らしいお召し物ですこと」

「畏れ入ります。五百子さまもとても見事なお召し物でいらっしゃいます」

まだ結婚前なので「お義姉さま」と呼ぶのは早い。その五百子は明るい灰色の縮緬に青紫色の紡錘形の花を染めた色留袖、白拍子の姿を描いた黒地の帯という装いだった。正直菊乃はあまりパッとしない柄だと思った。そして五百子自身もパッとしない女だと思う。園遊会のように大勢人の集まる場所では、背景に溶け込んだかのように、何処にいるか分からなくなってしまう。

決して醜くはない。ある種の美人に違いない。抜けるような白い肌、瓜実顔にふっくらした頬、細い切れ長の目に重たげな一重まぶた、小さな唇、そしてぼうっと霞んだような眉は、平安美女の典型だ。しかし、大堂家の大広間に立つ五百子を初めて見たとき、菊乃は陽炎のように儚く頼りない印象を受けた。そして夫を失った未亡人であることを思い出し、妙に納得した気持ちになった。

五百子は着物から目を移して菊乃を見た。

「桜の柄がお好きですの？　結納の席でも見事な枝垂れ桜の振り袖をお召しやしたけど」

「季節柄、今時分は桜の柄を着ることが多うございます。特に今日は桜の園遊会ですから」

五百子が微笑むと、申し合わせたように通敬も伯爵も微笑した。その微笑に菊乃は違和感を覚えた。これまで人々が菊乃に向けた微笑とは、まるで意味合いが違っているように感じられたのだ。

「大堂さんのお宅では、雛祭りも盛大になさるのでしょう？」

五百子は急に話題を変えた。

「はい。桃の節句は女性のお客さまが主役になります」

日本家屋の部屋をいくつか開け放ち、ずらりと雛人形を飾るのだ。大堂家に代々伝わる雛、佳乃が実家から持ってきた雛、菊乃のために誂えた雛、そして雄一郎の妻筆子が嫁入り道具として持ってきた雛などである。その日は親戚の女性たちが招かれ、午餐(ごさん)会と晩餐会に分けて宴が行われる。菊乃が跡見学校に通っていた頃は、学友も午餐会に招待した。それは楽しい想い出で、今も心に残っている。

「今年は五百子さまを雛祭りにご招待することが叶わなくて、残念でございました」

五百子はふふ……と笑った。どんな意味にも取れる曖昧な笑みだった。

「ただいま両親を呼んで参ります。どうぞごゆっくりお過ごしくださいませ」

菊乃は違和感を頭の隅に追いやって、池の畔にいる両親を呼びに行った。


出来る限りさりげなく、菊乃は久に問うた。

「ねえ、伯父さま。昨日の五百子さま、どうお思いになった？」

翌日の昼間、忠左右衛門の隠居所を訪ねると、例によって久が遊びに来ていた。最近は入り浸っているという方が正確かもしれない。今、久は都々逸を一くさり歌い終え、三味線を置いたところだ。

「ああ、あの後家さんね」

久は茶碗に手を伸ばした。

「若さま、隅に置けませんねえ。早速唾付けなすったとは」

「人聞きの悪い。お菊ちゃんに引き合わせられて、ちょっと挨拶しただけですよ」

忠左右衛門は煙草盆を脇に寄せ、煙管をくわえた。先ほどから定跡本を片手に、将棋盤に駒を並べている。

「さあて、どうだか。昔は布団をまたいだだけで女が孕むと言われた若さまだ」

いつもは楽しい祖父と伯父の軽妙なやりとりが、今は菊乃を苛立たせた。凄腕の女たらしで遊び人だった伯父の目から見て、五百子という女がどう見えるのか、それが聞きたいのだ。

久も煙管を出して刻みを詰め、忠左右衛門に火をもらって吸い付けた。

「あの後家さんは明るい所や広い所で見てもさしたることはないが、暗くて狭い場所に連れ込めば、男心を蕩かす手合いと見たね」

煙を吐きながら菊乃の顔を見て、愉快そうに付け加えた。

「ま、そこが、何処にいても誰といても、百人千人の中にいても、ひときわ目立つお菊ちゃんとの大きな違いだ」

伯父さまはどっちが好き……と聞きたい気持ちを無理に抑えた。本当は、通敬がどっちが好きか聞きたかったのだ。

五百子は菊乃より十歳年上で、しかも通敬の兄の未亡人だった。普通なら三十後家のことなどでムキになったりはしないが、昨日二礼家の三人が見せた意味ありげな目配せと微笑が、今朝になってますます気になっていた。あれはどういう意味だったのか？

菊乃は代わりに別のことを尋ねた。

「五百子さまのお着物、どう思われました？」

「ああ、あれね。着物が苧環（おだまき）で帯が静御前。『しづやしづ　しづのをだまき　くり返し　昔を今に　なすよしもがな』。苧環は春の花だから、それで洒落たんだろう」

菊乃は五百子の着物の、あの薄い青紫色の花の柄を思い出した。

「……そうだったの」

すると、通敬たちの顔に浮かんだ表情の意味するところも、何となく理解出来た。桜の会に桜の着物を着る菊乃の趣味が、彼らにはあまりにも分かり易すぎて、幼稚に思われたのだろう。

菊乃はふと、勝太郎から二礼家との縁談を聞かされたとき、家風の違いで菊乃が苦労するのを佳乃が案じていたことを思い出した。

家風の違い……。その言葉を嚙みしめると、何故か五百子のぼんやりした眉毛や、伯爵の「ほっほっほ」という笑い方、通敬の取り付く島もないほど端然とした表情が目の前に浮かんでくるのだった。

華族令により、華族子弟の婚姻はまず親族会議で容認を得た後、宮内卿に婚姻許可を願い出ることとされている。

二礼通敬と大堂菊乃との婚姻は、二礼家の親族にとっても歓迎すべきことであって、すぐに容認された。しかし、家督相続人である通敬の妻が平民というわけにはいかない。そこで一度、兄雄一郎の妻の実家である旧陶山藩主松平家の養女に入り、子爵令嬢の身分で宮内卿から婚姻の許可を得た。

式は五月の初め、新緑の爽やかな季節、五百子の両親である蒔田侯爵夫妻の媒酌により執り行われた。

　式の朝、二礼伯爵家から差し向けられた迎えの馬車に乗り、菊乃は大堂家を後にした。二礼伯爵邸は麻布の狸坂と一本松坂に挟まれた三角地帯、その一画にある敷地千坪ほどの屋敷だった。付近一帯は江戸時代には武家屋敷が占めていた土地で、近くには南部藩下屋敷が残っている。

　この時代の上流階級の住まいらしく、二礼家もネオ・バロック洋式の洋館と数寄屋造りの日本家屋を持っていた。二つの館は船底天井の渡り廊下でつながっている。

　式場は日本館の大広間だった。床の間には日輪の掛け軸が掛けられ、熨斗三方(さんぼう)、瓶子(へいし)、加柄(くわえ)等が飾られた。新郎は衣冠束帯(いかんそくたい)、新婦は明治十七（一八八四）年に制定された華族の婦人の大礼服・桂袴(けいこ)を着用し、髪はおすべらかしにして式に臨んだ。どちらも日常とはかけ離れた衣裳であり、華族といえども生涯に着用する機会はほとんどない。二礼家では宮内省に願い出て、着付けの出来る男性職員と女官たちを派遣してもらったのだった。

　十二単に似た衣裳は下半身に長袴を、足にはヒールのある布製の沓(くつ)を履く。菊乃は慣れない服装で歩きながら、裾を踏んで転ばないよう緊張したせいか、式の最中は形相が変わっていた。一瞬、ちらりと隣りに立つ通敬を見遣ると、いつもと変わらぬ涼しげな横顔が目に入った。まるで毎日衣冠束帯を身に着けて生活しているかのようだった。

　その日は式次第のみ執り行われた。翌日からは二礼家と大堂家で披露宴をかねた晩餐会が三回催されることになっている。式が終わると新郎新婦は解放され、早々に新居に引き取った。

　式服を着替えるのも一苦労だった。菊乃は女官たちの手助けを受けて桂袴を脱ぎ、鬢付け油で固めた髪を洗って束髪に結い直し、二礼家の女中の手を借りて裾模様の三枚襲に綴錦の丸帯を締めた。

　二礼家の人々は日本館に住まい、洋館はもっぱら迎賓館として用いられていた。しかし菊乃の輿入れに際して、新婚夫婦は洋館に居住することに決まった。一つには数十荷にも及ぶ婚礼道具が、日本館に入りきらなかったからである。

「若奥さま、夕餉の支度が調いました」

　日が傾き、窓から見える庭園の緑が薄鼠色に翳ってきた頃、菊乃の居室のドアをノックして、一柳睦子が廊下から声をかけた。すでに女官たちは屋敷から引き揚げ、女中も部屋を退出している。菊乃はソファから立ち上がった。

「ありがとう。ただいま参ります」

　廊下に出ると睦子はドアを閉め、先に立って食堂へ案内した。四十半ばを過ぎているが、常に薄化粧をして身だしなみが良く、すべるような歩き方は能役者を思わせた。

　食堂にはすでに食事の準備が調い、通敬が着席していた。黒紋付きに着替えていて、衣冠束帯よりはずっとくつろげる。入ってきた菊乃を見て小さく頷いた。菊乃も会釈を返し、長テーブルを挟んで向かいの席に腰を下ろした。二人の前に並んでいるのは、彩り良く盛りつけられた日本料理だった。

手元には朱杯が用意されており、通敬が杯を取ると睦子が朱塗りの銚子(ちょうし)から酒を注いだ。菊乃も促されて杯を手にした。

「本日はまことにおめでとう存じました」

睦子が深々と頭を下げ、それを合図に通敬と菊乃は杯を干した。

「大変でしたね。疲れたでしょう？」

通敬のいたわりに満ちた微笑みに、菊乃は酒のせいではなく胸が熱くなった。

「でも、大変なのはこれからです。明日から三日、晩餐会が続きます。誰のための婚礼か、いささか疑問ですが……」

今度はいくぶん皮肉な笑みを浮かべ、箸を取った。

「さあ、まずは体力です。沢山食べて、ゆっくり休みましょう」

三日続く晩餐会は、一日目が二礼伯爵邸、二日目が大堂邸、三日目が再び二礼伯爵邸で行われた。招待客は親戚筋の華族、大臣、政府高官、外国大使・公使、陸海軍軍人、実業家などだ。男性は燕尾服に勲章、女性はローブデコルテに宝冠(ティアラ)という正装で、華やかなことこの上なかった。

実は菊乃も母の佳乃も洋装はしたことがなかったので、女物の洋服を誂える店が分からず、二礼家に頼んで紹介してもらい、ローブデコルテと昼用のローブモンタントを三着ずつ誂えたのだった。出来上がったドレスを着て、生まれて初めてハイヒールを履いて歩く練習をしたのは式の五日前である。にもかかわらず、ローブデコルテを着た菊乃の姿は、決して借り着のようには見えず、外国高官の夫人たちを圧倒するほどの美しさだった。長身で姿勢が良く適度に発達した肉体は、肌の美しさも際立って、驚くほど洋装が映えた。

菊乃は通敬と並んで正面のテーブルに着き、かしこまって来賓の祝辞を承っていた。しかし、実際には祝辞は耳を素通りして、ひたすら早く終わって欲しいと念じていた。三日も続けて気の張る晩餐会に主役として出席したので、正直疲れていたし、同じような祝辞を延々と聞かされるのにもうんざりしていた。テーブルに次々と供される洋食のフルコースは、伊勢海老寒天寄注汁(ムース)、牛肉極製羹冷製椀盛(コンソメスープ)、鮎蒸焼檸檬注汁(レモンソース)、家鴨蒸焼鶉(うずら)松露肉(トリユフ)詰、生菜酢併(サラダ)、栗牛乳製冷菓(シャンテリー)、鳳梨(パイナツプル)製氷菓と、豪華な料理ばかりだが、招待客に不公平にならないよう、メニューはどの日も同じだったので、さすがに三日目ともなると食傷気味だ。

それに……。

その先を考えると、菊乃は密かに胸が高鳴り、頬が熱くなる。式の夜から今まで、通敬は菊乃に指一本触れていない。嫁入り前に女中頭の成子から浮世絵を見せられ、夜の心得を説き聞かされていたので、当初はがっかりする気持ちもあったが、三度も披露宴に臨んで心身共に疲れている今は、反対に感謝の念が湧いた。新妻を思いやってくれたのだと思う。

菊乃はわずかに顔を振り向けて、通敬の横顔を盗み見た。端然と正面を向いて座り、来客がテーブルに来ると立ち上がり、慇懃（いんぎん）に挨拶を述べる。三日間にわたって数え切れないほどそんなことを繰り返しているのに、穏やかな笑みを浮かべて談笑する通敬から、倦怠（けんたい）の気配はまるで窺（うかが）われなかった。そんな姿を見るに付け、菊乃はますます敬愛の念を深くしていった。

夫婦の寝室は館の東南角にあった。壁紙は白地に金の蔓草（つるくさ）模様の繻子、カーテンは深緑の天鵞絨（ビロード）、絨毯は淡い緑色の段通（だんつう）、マントルピースは白い大理石だった。その上には英国の画家ジョン・エヴァレット・ミレイの描いた可愛らしい少女の絵が掛けられ、白と緑の溶け合った室内を見下ろしていた。部屋の一番奥まった場所にはダブルサイズの寝台が二台置いてあり、入口から見えないように、細かな彫刻を施した木製の衝立四台で仕切られていた。

寝室の両翼には次の間があり、ドアでつながっている。一方が男性用、一方が婦人用の化粧部屋で、服はそこで着替える。菊乃は女中に手伝わせてローブデコルテを脱ぎ、髪も解かせて寝間着に着替えた。佳乃が持たせてくれた白絹の和服である。

寝室へ行くと、通敬はすでに横になっていた。しかし、今夜は眠ってはいない。菊乃を見ると、当然のように掛布の端をめくり、入るように目で促した。ついにこのときが来たと思い、菊乃は思わずごくんと唾を呑み、ぎごちなく一礼した。

「ご免こうむります」

緊張した声で言うと、通敬は声を立てずに笑った。菊乃がそろそろと寝台に上がってからも、まだ笑っていた。何がおかしいのか理解出来ず、じっと通敬の顔を見ると、やっと笑いを収めた。

「君を見ていたら、猪を思い出した」

唖然として次の言葉を見失っている間に、菊乃の身体は通敬の腕に抱き取られていた。それから先は、もう声も出せなかった。結婚前に見せられたあの浮世絵と同じことが始まり、あの絵では分からなかったこと、あの絵にも描いていなかったことが後に続いた。

菊乃にはすべて生まれて初めてのことだったが、通敬には手慣れた……平凡で、当たり前で、何一つ特別なことのない行為だった。まるで食事や入浴と同じく、日常茶飯事の一つに過ぎないとでも言わんばかりの。

頭に血が上り、心臓は早鐘のように鳴っていたけれど、菊乃にはそれがはっきりと分かった。自分がまったく特別に扱われていないこと、少しも大切にされていないこと、およそいとしいと思われていないことが、身に沁みて感じられた。その感触が皮膚を通して心に突き刺さってくるようだった。

世の中には頭では理解していても、実際に体験してみなければ分からないことがある。菊乃はそれを頭では理解していた。しかし、やはり実際に体験してみて、その理解は想像の域を超えてはいなかったことを、今、菊乃は痛感していた。

朝が来て、通敬と顔を合わせるのが恥ずかしくて堪らない。夜「あんなこと」をした後で、何食わぬ顔で向き合って朝食を食べるのが居たたまれない。忠左右衛門なら「どのツラ下げて」と言うのだろうが、そんな気持ちだった。

いや、通敬だけではない。舅の二礼伯爵も、義理の姉の五百子も、女中頭の一柳睦子も、屋敷の女中たち、家令と家僕たち、みなと顔を合わせるのが恥ずかしい。みんな、通敬と菊乃が夜、寝室で何をしているか知っている。それを思うと穴があったら入りたいとさえ思う。

そして、もう一つ愕然(がくぜん)とするような発見があった。

世の中の夫婦はみな、自分と通敬と同じことをしている！

そのことに思い至ったときは、衝撃のあまり人間が信じられなくなったほどだ。あのぼんやりした眉毛の五百子も、「ほっほっほ」と口をすぼめて笑う二礼伯爵も、かつてはそんなことをしていた。さらに、自分の両親も……！

そこまで考えて、さすがに菊乃は開き直った。

これはもう、仕方ない。夫婦とはそういうもので、それはきっと、人間の習性なのだ。鳥が空を飛び、魚が水を泳ぐように、男と女はそうやって生きてきたのだ。人が背負った宿命のようなものだ。深く考えずに、ありのまま受け入れるしかないだろう。

菊乃はちらりと目を上げて、向かいの席で紅茶を飲んでいる通敬の顔を見た。穏やかで端然としている。とてもあんなことをする人とは思えない。昨夜のあの所業は何だったのかと思う。あれは悪い夢を見たのではないか……。だが、夢でないことは今も身体に残る疼痛（とうつう）で明らかだった。

そして、昨夜感じた様々なことは？　あれは事実なのか、それとも衝撃と混乱が引き起こした思い過ごしに過ぎないのだろうか？

菊乃はもう一度通敬の顔を見た。

「顔に何か付いているのかな？」

あまりにもジロジロ見たせいか、さすがに通敬が不審な顔をした。

「あ、いえ……失礼いたしました」

通敬はわずかに唇の端を上げ、苦笑を漏らした。

菊乃は目を伏せてテーブルの上を眺めた。今朝のメニューはトースト・オムレツ・ベーコン・サラダ・桃。大堂家の朝食はいつも和食だったが、二礼家では和食と洋食が交互に供されるということだ。通敬が英国留学を終えて帰国してから、朝食も英国風にと要望があったという。

菊乃は齧り掛けのトーストを皿に置いて尋ねた。

「通敬さまは、本日はどのようなご予定でいらっしゃいますか?」

通敬はゆっくりとカップを下ろしてから口を開いた。

「午前中に事務所へ顔を出して、午後からは西園寺侯のご機嫌を伺ってくる。夕食は留学時代の友人と帝国ホテルで摂る予定だ」

「それは、お勤めご苦労さまでございます」

通敬はちらりと微笑んだ。

「私、前に一度、父に帝国ホテルへ連れて行ってもらったことがありますの。開業して間もないときでございました」

帝国ホテルは明治二十三(一八九〇)年十一月二十九日の第一回帝国議会開会の直前に開業した最高級ホテルである。外国からの賓客を迎えるべく、国家の威信を懸けて鹿鳴館の隣りに建築された。発案したのは井上馨で、渋沢栄一と大倉喜八郎という二人の大実業家を説得して実現させたのだと、父の勝太郎が話していた。

「いつか機会がありましたら、私もお連れくださいませ」

「そうしよう」

通敬は口元をナプキンで拭い、テーブルに置いた。菊乃もそれに倣った。

外出する通敬を、菊乃は玄関で見送った。

「行ってらっしゃいませ」

通敬を乗せた馬車が遠ざかっていく。それが正門を出るのを待って、菊乃は家に入った。

玄関脇にはベネチア製の大きな鏡が掛かっている。菊乃はそれに己の姿を映して点検した。朝食の後は、二礼伯爵と五百子に朝の挨拶をしなくてはならない。そして、昼食と夕食は特別用事がない限り日本館に伺って摂る。それが二礼家のしきたりだと、婚礼の翌日一柳睦子に告げられた。

でもこれからは三度に一度か、五度に一度くらい、お舅さまと五百子さまをこちらにお招きした方が良いのかもしれない……。

菊乃がそう考えていると、睦子が近寄ってきた。

「若奥さま、畏れ入ります」

早くご機嫌伺いに行くように促すつもりかと思ったら、そうではなかった。

「畏れながら……」

誘導されて居間に入り、ソファに腰を下ろすと、睦子がおもむろに話を切り出した。

「若奥さまにおかれましては、若君さまをお名前でお呼び遊ばしていらっしゃいますが、ご当家ではそれはいささか憚られます」

菊乃は一瞬何を言われているのか理解出来ず、目をぱちくりと瞬いた。

「通敬さまとお呼びしてはいけないの？」

睦子は厳かに頷いた。

「かしこき辺りにおかせられましても、お名前を直接口にすることは畏れ多きこととして、お控え遊ばします。古くから、宮中では位階と官職を以て、お名前を呼び習わして参りました」

菊乃は頭の中で睦子の言葉からややこしい言い回しを取り去り、内容を把握し直した。

「では、どのようにお呼びすればよろしいの？」

「御位でお呼びになるのがよろしいかと存じます」

明治になってから位階と官職との関係は形骸化し、もっぱら顕彰のための制度と化していたが、明治二十（一八八七）年の叙位条例では伯爵は従二位に相当する。華族は成人後に位階を与えられ、年齢と共に昇進して爵位に相当する位階に上ることになっていた。

「若さまも今は従三位の位にお上りであらしゃいます。三位さまとお呼びになるのがよろしかろうと存じます」

「……分かりました」

菊乃は念のために質問した。

「お舅さまとお義姉さまは、このままでよろしいの？」

「はい。よろしゅうございます」

菊乃はやれやれと思い、立ち上がろうとした。

「畏れながら……」

菊乃は浮かしかけた尻をもう一度ソファに沈めた。

「若奥さまにおかれましては、お見送りやお帰りの際、ご訪問の際、その他様々な場面で様々なご挨拶を口になさいますが、ご当家では『ごきげんよう』と『畏れ入ります』、この二つのご挨拶を申し上げることになっております。どうぞ、若奥さまもそのように……」

菊乃はわずかに首をひねった。

「……つまり『おはようございます』『行ってらっしゃいませ』『お帰りなさいませ』『お休みなさいませ』『こんにちは』『さようなら』が、すべて『ごきげんよう』でよいということ？」

「左様でございます」

「そして『ありがとう』『ごめんなさい』『失礼いたします』は『畏れ入ります』でよろしいのね？」

「左様でございます」

菊乃は思わずにっこり笑って尋ねた。

「それじゃ『いただきます』と『ごちそうさま』は？」

「これまで通りでよろしいかと存じます」

睦子はにこりともせずに答えた。


「お舅さま、お義姉さま、ごきげんよう」

菊乃は座敷に三つ指をつき、睦子に教えられた通り伯爵と五百子に挨拶した。

「ごきげんよう」

二人から京訛りの挨拶が返ってきた。

二礼家の居間は二十畳ほどの座敷で、障子を開け放つと庭が一望出来る。畳の上に漆塗りの長盆が二枚置いてあり、その上には様々な色紙・短冊・和紙が山積みになっていた。結婚の祝いにいただいた和歌・俳句・漢詩などである。

伯爵と五百子は紫檀の座卓の前に座り、それらを手に取って点検している最中だった。

「ほんまに、仰山やなあ」

伯爵が呆れたような声を出した。

「結構なことでございます」

五百子がやんわり微笑んでから、菊乃の方に顔を向けた。

「こなたさんにはみな、お歌をお返しになりませんとね」

「はい」

「品物も仰山やろう？」

菊乃は神妙に頷いたが、実はまだほとんど中身を見ていない。しかし、宝船・酒樽・シャンパン・置き時計・反物・装身具など、様々な祝いの品が届けられたことは、睦子から報告を受けていた。

「明日にでも実家に出入りしております目利きの商人を呼んで、お品を鑑定させようと思います。それから、しかるべきお返しを選んでみなさまにお届けいたします」

それは兄雄一郎の結婚を通して学んだことだった。雄一郎の婚儀の際は、出入りの商人三人が三日掛けて贈り物の価値を五段階に分け、その価値に応じてお返しの品を贈ったものだ。

「そやな。それがええやろ」

伯爵は鷹揚に頷いた。

「今朝は通敬はどないした？」

「ご用事があって、お出掛けになりました」

伯爵と五百子は呆れた顔になり、素早く視線を交錯させた。

「ほんまに、祝言を挙げたばかりやというのに……」

「三位さんはただいまお取り込みでおいやすから、致し方ないことでございます」

五百子はやんわりと言ってから「それに……」と先を続けた。

「煩わしいことはおいやなのでしょう」

五百子がまたやんわりと言った。

五百子の言葉を、菊乃は単純に通敬は答礼の雑事が嫌いなのだと解釈した。例えば返歌一つにしても、漢詩のように夫が単独で返すべき場合、妻が単独で返すべき場合、夫婦揃って返すべき場合がある。確かに煩雑ではあった。

「菊乃さん、三位さんがお帰りになったら、お二人でよくご相談遊ばしてね」

「はい。畏れ入ります」

菊乃は五百子が通敬を「三位さん」と呼ぶことに、今更ながら気が付いた。

「三位さま、ごきげんようお帰り遊ばせ」

夜更けて屋敷に戻ってきた通敬に、菊乃は精一杯気取って挨拶した。

「ごきげんよう」

通敬はにこりともせずに答えた。何処か上の空で、菊乃の挨拶が変わったことに気付いた様子もない。すぐに階段を上がり、二階の寝室に引き取った。

菊乃はがっかりした気持ちで後に続き、化粧部屋で寝間着に着替えた。

寝室に入ると通敬はすでに寝台に横になっていた。昨夜と同じように、無言で掛布の端をめくり、入るように促した。だが、表情は明らかに不機嫌で、眉間に薄い皺が寄っている。

何かいやなことがあったのかも知れない……。

そう思いながら菊乃はしずしずと寝台に上がった。

それなら今は返歌やお返しの品の相談をするのはよくない。明日の朝、朝食の席で……。

菊乃は、通敬は自分が気に入らないのではない、通敬の身に何か煩わしいことが起こっていて、それに気を取られているだけなのだと思った。明日になれば少し違っているかも知れない。もう少し時が経って事態が変わり、心労の種が消えれば、通敬の心持ちだって違ってくる。そうしたら、いたわりや思いやりの気持ちも蘇るだろう。新妻をいとおしいと想う気持ちだって芽生えるに違いない。

菊乃は通敬の腕の中で、明らかにぞんざいに扱われているのを感じながら、無理矢理自分にそう言い聞かせた。

菊乃が二礼家に輿入れしてから四ヶ月が過ぎようとしていた。

暦の上では九月に入ったが、まだまだ残暑の厳しい季節である。しかし緑に囲まれた麻布の一帯は、大地を覆う草と木立ちの葉で空気が冷やされ、爽やかな風が吹き渡ってゆく。

二礼伯爵邸は敷地千坪足らずで、さして広くはない。しかし庭が洋風で芝生に覆われ、塀に沿って植えられた樹木以外に鬱蒼と茂る木立がないので、全体にとても明るく新しい感じがした。

柱時計は九時半を指していた。午前中の今頃は、気温はまだ上がりきらず、夜露に濡れていた草が日に照らされて、緑が瑞々しく輝いて見える。一日のうちでも一番美しい時間帯だ。

菊乃は窓を開け放ったサンルームで、ソファに腰掛けて手紙を書いていた。跡見学校時代に仲の良かった級友に宛て、近況を綴っているのだ。しかし、途中で筆を置き、ほっと溜息を吐いた。

一番肝心なことはどうしても書けなかった。通敬に愛されていないのではないかという不安である。

通敬が自分の何を気に入らないのか、菊乃には分からない。夫の意を迎えようと日夜心をくだいているつもりだった。夫の好まない振る舞いはしないし、夫の好まない話題は持ち出さない。少なくともそのように気を付けている。新婚の妻ならみな同じだろう。

それなのに……。

菊乃はまたしても溜息を吐いた。結婚以来、ほとんど毎晩のように通敬は菊乃を抱いている。今ではまるで操り人形のように、通敬の意のままの反応を表すようになった。それが自分でもよく分かる。そして、そんな菊乃を通敬が醒めた目で見ていることも。

「若奥さま」

睦子がサンルームに入ってきた。手には半紙を持っている。

「本日のお献立でございます」

「ありがとう」

菊乃は毛筆で清書された献立を眺めた。料理人は毎朝、昼と夜の献立を半紙に清書し、睦子に渡す。睦子は菊乃に提出して指示を仰ぐ。二礼家では昼食に客を招くことはあまりないが、夜はたいてい通敬か伯爵の客人が来るので、菊乃はその日の顔ぶれなどを考慮して、料理を別の品に変えることもある。

その夜は二礼家に所縁(ゆかり)の深い寺の関係者を招くことになっていた。だから献立もすべて精進ものである。

「結構です」

菊乃は献立を睦子に返して言い添えた。

「お義姉さまにもこれでよろしいか、お伺いしておくれ」

「かしこまりました」

睦子は深々と一礼してサンルームを出ていった。

菊乃は五百子を小姑として立てている。礼儀を守っているつもりだが、実は少なからず同情していた。まだ三十を過ぎたばかりで子供もいないのに、夫の死後も実家に戻らず婚家に留まっているのは、何を隠そう実家が貧乏だからだ。蒔田侯爵家は清華の分家で由緒正しい公家華族だが、当主の侯爵が投資に失敗して家計は火の車だという。その話は結婚前、父の勝太郎から聞かされた。

お義姉さまもお気の毒に……。

そう思ったとき、自分の中に同情以外の感情が芽生えていることにふと気が付いて、菊乃は愕然とした。それは優越感だった。あの人よりは幸せだと、心の隅で思ったのだ。

なんということだろう。これまで菊乃は人の不幸を喜んだことなど一度もない。同情によって優越感を覚えたことなど、生まれてから一度もない。そんなことをしなくても、菊乃はいつでも人より優れ、人より美しく、人より恵まれていたからだ。それなのに、今は夫の兄嫁の不幸と引き比べて、我が身の幸せを確認している。辛うじて優位を保とうとしている。

いったいどうしたの？　どうなっているの？　どうすればいいの？

菊乃は思わず筆を取り落とし、両手で顔を覆った。

二礼家は何もかも大堂家と違っていた。

菊乃の婚礼の前には日清講和条約が調印され、すぐに三国干渉が始まって、議会は遼東半島の返還を決定した。世論は沸騰し、父勝太郎も二人の兄も声高にロシアを非難したものだ。夕食の席でも侃々諤々の議論が始まって、佳乃がたしなめたりした。

だが、二礼家の人々はまるで世の中の動きに関心がなかった。通敬も伯爵も世相に関わることは一切口にしない。天皇家とそれに連なる皇族や華族、つまり二礼家の親戚筋の家の噂話、歌会・茶会・音楽会に能や歌舞伎などの催し物、書画骨董美術、着物と装飾品……話題に上るのはそのようなことばかりだ。

結婚前、二礼通敬という人はきっと王朝貴族のように、武芸や事業より恋と芸術を好むのだろうと想像していた。確かにその通りではあった。しかし、人は浮き世に生きている以上、世相と無関係ではいられない。ところが、二礼家はまるで浮き世と隔絶された別世界のようだ。清国と戦争があったことなど、夢の中の出来事ではなかったかと思われる。

結婚してから分かったことだが、通敬も父の伯爵も、定職というものを持たなかった。伯爵は現在貴族院議員を務めているが、貴族院議員は公・侯爵は終身、伯爵以下は互選と決まっている。任期を終えた後、次に選ばれなければ無職だ。いくつかの会社に名義を貸しているという話だが、いずれも名誉職で実利はないらしい。

通敬は英国留学から帰国後文部省に奉職したが、兄秀敬が亡くなって家督相続人になったのを機に退職した。現在は維新後破壊された仏教関係の美術品の復旧をする事業に従事している。営利目的ではないから、趣味のようなものだ。

それでどうして生活が成り立っているかというと、金利である。華族は明治二（一八六九）年に現石＝貢租高の十分の一の家禄を支給され、明治八（一八七五）年に金禄公債処分を受けた。これを秩禄処分という。このときの公債の利子によって華族の生活は保障された。そして多くの華族が資産増殖のため、土地や有価証券への投資事業を行っていた。しかし、華族制度そのものが「皇室の藩屏」たることを目的として制定されたため、一般財閥のように利潤追求のみに邁進することには制約があり、公的身分の維持が優先された。多くの華族の子弟が軍人・官僚の道に進んだのも、皇室の藩屏という位置づけがあったからであろう。


「桜間伴馬はさすがに上手いもんやが、どうも金春のお能は勇ましゅうて……」

二礼伯爵が口をすぼめて「ほっほっほ」と笑うと、五百子がそれを受けて話をつないだ。

「細川さまがずっと面倒をみておいやすから、なおのこと勇ましゅうならはったんでございましょう」

「義姉君は梅若実を贔屓になさっておいでだから、金春が好みに合わないのではありませんか？」

「どうも、お謡の抑揚がきつすぎて、聴いていると何やら胸騒ぎがするような……」

五百子が微笑んで通敬を見た。

「三位さんは、宝生流が一番お好きであらしゃいましたね？」

「ええ。宝生九郎（くろう）の謡はまことに声量豊かで朗々として、いつも聴き惚れてしまいます」

「そやけど、九郎の舞は謡ほどには上手とは言えんようやな」

「しかし、品格という点では、今の能役者の中でも並ぶ者がおりませんよ」

菊乃は三人が話すのを聞きながら、その話題についていけず、一人蚊帳（かや）の外に置かれているような心持ちで、気が滅入ってきた。

ここは洋館の食堂で、今は家族揃っての昼食の最中だった。話題にしているのは、昨夜細川侯爵邸で催された観能の宴である。

将軍家と各大名家の庇護を受けて栄えた能楽は、明治になって庇護者を失い、多くの伝統芸能と同様、消滅の危機に瀕した。しかし岩倉具視邸で催された天覧舞台を機に、皇室の奨励と華族や財閥の援助が再開され、復活を遂げた。そして明治の中期からは「三名人」と謳われた宝生九郎・桜間伴馬・梅若実ら名優たちによって活気ある舞台が繰り広げられ、隆盛期を迎えていた。

とは言え、大堂家は能とはまるで縁がなかった。歌舞伎を観に行くことはあっても、能を観に行くことはほとんど無かった。勝太郎は屋敷に能舞台を造り、能役者を呼んで舞わせることもあったが、それは大名華族に能の信奉者が多かったから接待に利用しているだけで、自分が興味を持っているわけではなかった。

菊乃も仕舞を習ったことはない。だから観世・宝生・金剛・金春・喜多の流派の違いなど分からないし、どの流派が好きということもない。通敬たちの話はさっぱり分からなかった。

こんな経験は初めてではない。今回は能だが、例えば彼ら三人の共通の知人や京都の古いしきたりや所縁（ゆかり）の寺などについて語るとき、菊乃は一人語らいの輪の外に置かれてしまう。そして誰一人、輪の中から手を差し伸べてはくれない。完全に部外者だった。仲間外れにされていると感じないではいられなかった。

菊乃は漏れそうになる溜息を呑み込んで、ナイフとフォークを手に取った。今日の昼食は洋食のフルコースで、目の前には運ばれてきたばかりの肉料理の皿がある。載っているのは紙のように薄い子牛のコートレット。ナイフを入れると、ほのかに肉の香りが立ちのぼった。それを嗅いだ瞬間、突然胸がむかついた。

「菊乃さん、どうしやはりました？」

「……はい。ちょっと……」

吐き気がこみ上げて、菊乃はあわててナプキンで口元を押さえた。

「すみません。失礼いたします」

立ち上がり、小走りに食堂を出て、ご不浄に駆け込んだ。

ようやく吐き気が収まり、洗面所で手を洗って外に出ると、廊下で五百子が待っていた。

菊乃はギョッとしてたじろいだ。

「お義姉さま……」

五百子は一切の感情を消した顔と声で尋ねた。

「菊乃さん、ややさんが出来たのと違いますか？」

やや……赤ん坊？

菊乃は一瞬きょとんとしたが、すぐに大急ぎで考えをめぐらした。言われてみればその可能性は大だと気付くのに、三秒ほど掛かってしまった。それは今まで子供のことを考える余裕がなかったからだ。

「……そうかも知れません」

口に出すと同時に、そうに違いないという確信が生まれ、喜びが溢れ出した。

「すぐに医者を呼ばせます」

「それがよろしいでしょう」

五百子はにこりともせずに頷いたが、菊乃は満面に笑みを浮かべていた。

目の前に掛かっていた霧が晴れて視界が開け、肩にのしかかっていた重い荷物を下ろしたような気分だった。

これで何もかも上手くいく！

通敬は初めての子供の誕生を、どれほど喜んでくれるだろう。たとえこの結婚に多少の不満があったとしても、そんなものはすぐに消えてしまうに違いない。少しばかりの齟齬は問題にもならなくなる。これからは夫婦であると同時に父親と母親になるのだから。親になることに勝る幸福が何処にあるだろう。子供の誕生がこれまでにない強い絆を生み、その成長に従ってより強く結ばれてゆくのだ。

「おめでとうございます、奥さま。ただいま三月に入ったところでございます」

その日の午後、早々に駆けつけた二礼家の主治医ははっきりとそう告げた。菊乃は有頂天だった。

「懐妊だそうだね。おめでとう」

医者が出ていった後、入れ違いに部屋に入ってきた通敬は笑みを浮かべ、落ち着いた声で言った。その言い方が他人事のようで、菊乃はおかしくなった。照れているのだと勝手に解釈した。それほどまでに幸せだった。

「はい、三位さま。思いがけないことでしたが、まことに嬉しゅうございます」

「身体を大事にして、よい子をお産みなさい」

「畏れ入ります、三位さま」

この型にはまった挨拶が滑稽に思えて、菊乃はまた笑った。

懐妊の件を手紙に書いて大堂家に届けさせると、翌日には佳乃からの返事が届けられた。

祝福の言葉に続いて、妊娠中の注意などが細々と書いてあった。佳乃自身が悪阻がひどくて苦労したので、菊乃のことも心配していた。

それは杞憂ではなく、菊乃も悪阻に苦しめられることになった。懐妊を告げられた日から、様々な食物に過剰に反応し、胸がむかついた。肉も魚も白米も食べられない。特に炊きたてのご飯の匂いを嗅ぐと、それだけで吐き気を催した。洋菓子はバターや洋酒の香りで、和菓子はあんこで気分が悪くなる。緑茶、紅茶、珈琲、すべて香りが鼻について飲めない。だから三度の食事もお茶の時間も、三人と同席出来ず、一人で摂るようになった。

辛うじて口に入るのは白湯とコンソメスープ、すまし汁、果物の搾り汁くらいしかない。それも、吐き気の収まった頃を見計らって少量飲み込むのがやっとだった。一週間もすると、菊乃は面変わりするほど痩せてきた。栄養不良のせいかときどき立ち眩みに襲われる。どうしても部屋で臥せっている時間が多くなった。

それでも辛いと思わなかったのは、懐妊以来通敬の心遣いが目に見えて細やかになり、いたわりに満ちた態度を取るようになったからだ。

体調を気遣ってのことだろう、寝台を共にする機会はぷっつりと途絶えた。しかし、毎日何度も菊乃の部屋を見舞いに訪れて、少しの他愛のない雑談で時を過ごしていく。外出するとレースのハンカチや刺繍の半襟、七宝の帯留、銀のボンボニエール、寄せ木細工の小箱など、女性が喜びそうな土産を買ってきてくれた。

今日も午後のお茶の時間に、通敬は菊乃の部屋を訪れた。向かい合わせにソファに腰を下ろしたが、菊乃は和服ではなく西洋式の寝間着とガウンを着ている。帯で締め付けるのは苦しかろうと、通敬が横浜の洋服屋から取り寄せてくれた品だった。確かにとても楽で、悪阻まで少し軽くなったような気がする。菊乃は子供が生まれてからも、寝間着は西洋式にしようと思った。

夫婦の話題は、どうしても生まれてくる子供のことになる。

「三位さまは、どのようなお名前をお考えですか？」

「さあ……。まだまだ先のことだから」

出産予定は来年の春だった。

「いいえ、きっと、あっという間でございますよ。色々と準備に追われるうちに、すぐに春が来てしまいますわ」

通敬の唇にはほんの少し苦笑が浮かぶが、そこに結婚以来居座っていた不機嫌の虫が退散したことを確かめて、菊乃はほっと胸をなで下ろした。幸せを噛みしめると、声も口調もいくらか甘えた調子になる。

「良いお名前を付けてくださいませね。楽しみですわ」

そして、その夜のことだった。

通敬と菊乃が寝室に入って間もなく、慌ただしく扉がノックされた。

「三位さま、夜分まことに畏れ入ります」

緊張した声に続いて一柳睦子が寝室に入ってきた。

「一柳、何事だ？」

通敬はいくぶん咎める調子で答え、寝台を下りて衝立の向こう側へ歩いた。

「ただいま、氷川町のお宅から知らせが参りまして……」

睦子はそこで声をひそめたので、続きは聞き取れなかった。が、通敬が息を呑む気配が伝わってきた。

「……分かった。馬車の用意を」

低い声で命じると、通敬はそのまま寝台には戻らず、化粧部屋に入っていった。外出用の服に着替えて出てきたときは、暗く沈痛な面持ちで、悲劇に襲われたことが察せられた。

「三位さま、いかが遊ばしました？」

菊乃は通敬に走り寄った。

「……縁故の者に不幸があった。今夜は帰れないから、君は休んでいなさい」

「それは……さぞお力落としでございましょう」

事情はまったく分からないが、菊乃は通敬の悲しみに同情していた。精一杯の気持ちを込めて目を見つめたが、通敬は素っ気なく視線を外し、寝室を出ていった。

翌日、菊乃は和服を着て髪を結った。幸いなことにその日は朝から悪阻の兆候がなかったので、久しぶりに伯爵と五百子の住む屋敷へご機嫌伺いに行った。

「ああ、菊乃さん。ごきげんよう」

伯爵はおっとりと笑顔になり、これから茶を点てるが一緒にどうかと尋ねた。

「畏れ入ります。ありがたく頂戴いたします」

「そう言えば、三位さんは昨夜はあちらにお泊まりでしたの？」

「はい。そのように仰ってお出掛けになりました」

五百子は気の毒そうな顔つきをした。

「……難儀なことやね」

「あのう……三位さまはどちらにおいでになったのでしょうか？」

伯爵と五百子が訝るような目を菊乃に向けた。

「三位さんからお聞きになっておられませんの？」

「……縁故の者に不幸があったとだけ」

伯爵と五百子は顔を見合わせた。呆れ顔で、苦笑さえ浮かべていた。

「あいつも、困ったもんやな」

「煩わしいことをいつも先延ばしになさるのは、三位さんの良くない癖でございます」

菊乃はわけが分からず、きょとんとして二人の顔を見比べた。

五百子が、いくらか哀れむような眼差しで菊乃に告げた。

「昨夜亡くなったのは三位さんのお子さんです。男のお子さんでしたから、お悲しみも深いのでしょう」

五百子の言葉は、菊乃にはただ音のつながりとしか受け取れず、まるで意味をなさなかった。通敬の子供……男の子。

「子供の母親は三矢（みつや）薫子（におこ）という者で、地下人（じげびと）の娘です。前の奥さんの美香子さんのお輿入れに付いてこちらに参って、美香子さんがお亡くなりになってから、三位さんのお世話を受けるようになりました。三年前にもお子さんがお生まれでした。女の子でしたが、生まれて間もなく亡くなっておしまいでした」

五百子はそこでかすかに眉をひそめた。

「地下人とはいえ公家は公家。やはりどこかひ弱なところがおありなのでしょうか」

公家は宮中に上がって公卿になれる殿上人とそれを許されない地下人に分かれる。武士で言えば旗本と御家人の違いだろう。

「ご婚礼の前に赤坂氷川町に家を見つけて、お移しになったのです。でも間の悪いことに、ご婚礼と出産がちょうど重なってしまいました。どちらもおめでたいことやけど、身は一つやし、三位さんはずいぶんと大変だったことでしょう。でも、せっかくの男の子がわずか四ヶ月で亡くなるなんて、因果なことでございます」

五百子の言葉がゆっくりと意味をなし、菊乃の頭を占領した。

通敬には菊乃と結婚する前から妾がいた。亡妻が実家から連れてきた侍女に手を付けて、子供まで産ませた。一度ならず二度までも。二人は菊乃が輿入れする直前まで、二礼家で一緒に暮らしていた。その女を抱いた手で通敬は菊乃を抱いた。菊乃にしたのと同じことをその女にもした。いや、違う。その女にしたのと同じことを、菊乃にしていたのだ。

頭に血が上った。反対に、身体から血の気が引いた。突然目の前が暗くなった。足元にぽっかり穴が開き、落ちていく感覚に襲われた。

「……菊乃さん！」

五百子の声が妙に遠くの方で聞こえた。

目を覚ましたときは寝室に寝かされていた。寝台の脇に白衣を着た男女が立ち、菊乃の顔を見下ろしていた。見覚えがある。懐妊の診断を下した産科の医者と看護婦だった。

「奥さま、お気が付かれましたか？」

看護婦が静かな声で尋ねた。

菊乃は黙って頷き、仰臥したまま窓の方に目を遣った。外はまだ明るかった。柱時計に目を転じると十一時半になろうとしている。二時間以上眠っていたらしい。

「今回はお気の毒なことでした」

医者がわずかに頭を下げて言った。

「どうぞ、お力を落とされませんように。あまり考え込まず、充分に養生なさってくださ い」

ぼんやりと霞の掛かっていた意識が、はっきりと戻ってきた。

「先生」

菊乃はしっかりした口調で言った。

「私は流産したのですか？」

医者は表情を変えずに頷き、お気の毒ですと繰り返した。

「今後はどのようにしたらよろしゅうございますか？　毎日の生活や食べ物などで、気を付けることがあったら教えてくださいませ」

医者は淡々と注意事項をいくつか告げた。菊乃もまったく感情を交えない態度でそれを聞き取った。

医者と看護婦が出ていくと、入れ替わりに睦子が枕元に立った。「若奥さま、ほどなく三位さまがお戻りになります。お昼のお食事はいかがいたしましょうか？」

睦子は事情をすべて承知しているはずだが、そんな素振りはまったく見せない。菊乃もまた、毅然とした態度を崩さなかった。

「私はお昼は結構です。夜の食事はここでいただきます。三位さまには、お舅さまとお義姉さまとご一緒に召し上がるように伝えておくれ」

「かしこまりました」

睦子が立ち去ると、菊乃は両手でシーツを握りしめた。

流産の衝撃と悲しみより、通敬に対する怒りと恨みの感情の方が強かった。胸の中で渦を巻いて暴れ回っている。

いったいこの仕打ちは何だろう。大堂財閥の息女を娶(めと)っておきながら、これほどまでにないがしろにするとはどういうわけだろう。

結婚前、伯父の久は請け合ってくれた。公家華族は貧乏だから、莫大な持参金付きの嫁は大事にしてもらえる、と。花嫁が不細工ならともかく、菊乃は美しいのだから尚更だ、と。それが……。

確かに父の勝太郎だって妾を囲っている。だがそれは新橋の売れっ子芸妓を落籍したのであって、妻の侍女に手を付けたわけではない。それに、妾は家族の知らない場所に囲っていて、屋敷に引き入れたことなどない。だから、母の佳乃だって内心は面白くないかも知れないが、嫉妬に苛(さいな)まれずに日々の暮らしを営むことが出来る。

ところが、通敬は結婚の直前まで妾と一緒に暮らしていた。

三日続きの披露宴が終わった翌日、通敬が祝い品の返礼作業もせずに出掛けていった先は、きっと妾の家だ。生まれたばかりの男の子の顔を見に行ったに違いない。

式の後四ヶ月ばかり、毎晩のように菊乃を抱いたのは、妾が産後で寝所を共に出来なかったためだったのか？

　気が付けば、菊乃はギリギリと奥歯を嚙んでいた。これまでそんなことをしたことは一度もない。騙された、裏切られた、妾より下に置かれた……生まれて初めて味わう屈辱に、全身を切り刻まれるような思いがした。

　とにかく、もうこんな所にはいられない。明日にでも大堂の家に帰ろう。父と母に事情を話して、離縁するしかない。

　そこまで考えて、やっとのことで少し落ち着きを取り戻した。すると、初めて流産という事実が身に沁みた。正直、まだ妊娠三ヶ月で体型も変わらず、悪阻がひどかったせいもあって、お腹に子供がいるという実感を持つには至らなかった。ただ来たるべき幸せの予感を喜んでいただけだ。医者に流産を告げられたとき、その言葉は盲腸や肺炎と同じ重さしか持たなかった。しかし、今になって体験の重みがじわじわと心に迫ってきた。

　ごめんなさい、赤ちゃん。可哀想に……。

　腹に手を当てると、涙が溢れた。涙と共に悲しみが心に満ちて、溢れ出した。この世には取り返しのつかないことがあると、悲しみが心に刻みつけられた。

「菊乃……！」

　ノックも無しに寝室の扉が開き、通敬が入ってきた。寝台に駆け寄り、枕元に立って菊乃の顔を見下ろした。

「可哀想に。気の毒なことをした」

そう言って身を屈め、両腕を伸ばして菊乃の身体を抱きしめた。通敬の目が潤んでいるのに意外な気がしたが、菊乃自身さめざめと涙を流しているのだった。その顔を見つめて、通敬もはらはらと涙を流した。私が単純に流産を嘆いているだけと思っているのだろうか……菊乃の頭の隅をそんな考えがよぎった。

「とにかく気を楽にして、ゆっくり養生しなさい。君の身体が一番大事だ」

髪を撫で、頬をすり寄せ、唇を吸い……その合間に通敬はその台詞を繰り返した。優しい仕種だと思い、おそらく三矢薫子という妾にも同じことをしてきたのだろうと思いながら、菊乃は頷いていた。

「可哀想だが、今夜は一緒にいてやれない。通夜に出なくてはならないんだ。我慢しておくれ。大丈夫だね？」

菊乃はまたこくんと頷いた。いつの間にか涙は乾いていた。

通敬は一時間も部屋にいただろうか。充分に菊乃の機嫌を取ったと安堵した顔で、また出掛けていった。

一人部屋に残されて、菊乃はすっかり醒めていた。そしてもう一度自分の来し方行く末について考え始めた。

もしこのまま大堂家に戻ったら……？

菊乃は〝出戻り〟と呼ばれることになる。それは〝傷もの〟の言い換えに等しい名称だ。これから菊乃の名が世間の人の口の端に上るとき、そこには同情と、それと同じ大きさの軽蔑が込められる。世間から見れば平民から伯爵家に嫁いだのだから〝玉の輿〟であり〝身分違いの結婚〟である。普通の離婚より揶揄される度合いはずっと強いだろう。「お気の毒に」「お可哀想に」が菊乃を語るときの常套句になるのだ。再縁したところで、相手はもはや二礼家と同格ではあり得ない。小さな会社の経営者か、つましい官吏か、堅苦しい学者か、いずれにしても人の羨むような良縁に恵まれるなどあるはずもない。相手もきっと再婚だ。それもうんと年上の、何人も子供のいる中年男に違いない……。

菊乃はブルッと首を振った。まっぴらだった。離婚して、今よりもっとみじめな思いをするなんて。

そして通敬のことを考えた。たとえ離婚したとしても、男である通敬には少しも傷がつかない。またたっぷりと持参金の付いた財閥の娘を娶ることが出来るだろう。

世の中はまったく、なんと理不尽で不公平な……。

菊乃は溜息を漏らし、尊敬する跡見花蹊を思った。花蹊のように天賦の才に恵まれていたなら、それを頼りに身を立てることも出来るだろう。だが、菊乃には人に抜きん出るような才はなかった。跡見学校では箏も和歌も漢文も日本画も習字も生け花も、成績優秀ではあった。しかし、学校の成績が良いということと、その道で一家を成すということはまるで別物なのだ。

どうしたらいいのだろう？

いくら考えても容易に答えは見つからない。考えあぐねて、菊乃は再び深い眠りに落ちていった。

「この度は本当に残念でしたね。でも、あなたの身体が無事だったので、私はそれだけで満足ですよ」

佳乃はソファの隣りに腰掛けて、菊乃の手を握りしめた。

「それにしてもまあ、すっかり痩せてしまって……」

そう言うと目を潤ませた。

「お母さま、ご心配をお掛けしました。でも、お医者さまも順調に回復していると仰っていましたから、大丈夫ですわ」

菊乃は意識して屈託のない口調を心掛けた。

「まあ、今回は残念だったが、おまえはまだ若い。子供はこれから先何人も恵まれるから、少しも焦ることはない」

向かいの席では勝太郎がいくらか気遣わしげな顔で菊乃の様子を見守っていたが、口調だけは磊落（らいらく）に言った。

「こちらにはいつまでいられるの？」

「十日ほど置いていただきます。本当はひと月くらいゆっくりして、両親に甘えてくるようにと言われたんですけど、病気でもないのにあまり長く家を空けるのも良くありませんから」

「そうなの。あちらのお宅では良くしていただいているのね」

佳乃は安堵したように少し微笑んだ。どうやら佳乃は通敬に妾がいて、婚礼の晩に出産したことをまだ知らないらしい。勝太郎の方は事情を知っている様子だ。それを知ったのが婚礼の前か後かまでは分からないが……。

菊乃が結婚してから実家を訪れるのは、筆子の出産祝いと今回で二度目になる。前回は通敬と共に訪問したので、晩餐を共にした後は二礼家に帰宅した。短い間でも菊乃が滞在出来ることを、佳乃も勝太郎も心から喜んでいた。そんな両親を前にすると、つい気持ちがゆるんで泣きたくなる。菊乃は自らを叱咤（しった）して気を引き締めた。

「私、お祖父さまにご挨拶して参ります」

菊乃は両親に挨拶して席を立った。

渡り廊下を通って日本家屋に入り、祖父の部屋の前で声をかけた。

「しばらくだな、お菊」

忠左右衛門は菊乃が座敷に入るなり嬉しそうに声をかけたが、げっそり面やつれした顔を見ると、笑いを消した。

「よう、お菊ちゃん。災難だったな。だが、無事で何よりだ」

座敷にはその日も小野寺久が遊びに来ていて、菊乃を見るなりくだけた口調で言った。

「伯父さま。いらしてくださってよかったわ。お祖父さまと伯父さまと、お二人にお会いしたかったの」

「どうやら、ワケありのようだな。まあ、ゆっくり話すさ」

忠左右衛門は手を叩いて女中を呼び、茶菓を運ぶように命じた。

菊乃は忠左右衛門と久の顔を見ると、それだけで力づけられた。この二人ならどんなことを相談しても、実のある答えを返してくれると確信しているからだ。二人とも、世の中の表も裏も知り尽くしている。父や母には出せない知恵を絞り出してくれるに違いない。

「……実はね、通敬さまには結婚する前からお妾がいたんです」

菊乃がおよその出来事を話し終わると、忠左右衛門も久も熊の肝でも舐めさせられたように顔をしかめた。

「……しだらのねえ野郎だ」

「女遊びで女房を泣かせるなんざ、野暮の骨頂だぜ。胸くそが悪くならあ」

二人はほとんど同時に吐き捨てるように言った。

「で、お菊。おまえはどうしたいんだえ？」

「その前にお祖父さま、お父さまはどういうお考えなんでしょう？　私がこのまま二礼家に留まることをお望みなのでしょうか？」

「そうさな」

忠左右衛門は懐手に腕を組んで、眉間に皺を寄せた。

「多分、妾の件は百も承知で縁談を受けたんだろうよ。まあ、婚礼の晩に赤ん坊が生まれるとは考え及ばなかったにせよだ。しかし……」

忠左右衛門は考えをめぐらしている風で、一度言葉を切ってから先を続けた。

「倅の打つ手に疎漏はない。妾の産む子は男女にかかわらず外に出して、お菊の産む子に必ず家督を継がせると、そのくらいの約定は取り交わしているだろうさ。持参金そっくり妾の子に盗られるんじゃあ、割りに合わねえからな」

菊乃も多分そんなことだろうと予想していた。

「それじゃあ、私はこれからもあの家で暮らすしかありませんね」

さばさばした口調だったので、忠左右衛門も久も意外そうな顔をした。

「でも、今まで通り暮らすのはいやになりました。何もかも通敬さまとお舅さまとお義姉さま、それに女中頭の一柳の言う通りにして、あの人たちが好き勝手している横で仲間外れにされて、その挙げ句夫が妾を囲って子供を作るのを我慢しているなんて、あんまりひどい話です。何とかあの人たちを見返す方法はないでしょうか？」

「なるほど」

久は忠左右衛門と目を見交わし、にやりと笑った。

「その方がお菊ちゃんらしくていいや。ねえ、ご隠居？」

「まったくだ。俺は昔から侍だの公家だのはでえきれえよ」

それから二人はひとしきり、公家と二礼家を肴に悪口雑言を言い合って、楽しげに笑い声を立てた。

「しかし、何と言っても一番は兵糧攻めかな」

「……でしょうねえ。何のかんの言っても、お公家さんは貧乏だ」

忠左右衛門は座り直すと、菊乃の方へわずかに身を乗り出した。

「お菊、公家ってえのは、大昔から強え方にくっついて甘え汁を吸ってきた輩だ。散々甘え汁を吸わせてもらっても、もっと強え奴が現れたら、それまでの大将を裏切って平気でそっちへ寝返るのさ。だから、お菊、おまえがあの家で一番強えんだってところを見せつけるのが早道よ。そうすりゃあ、みんなおまえにくっついて奉ってくれるだろうぜ」

「お祖父さま、ずいぶん簡単に仰いますのね」

「要するに金の出所を押さえりゃいいのさ。今、あの家の財政は大堂家の持参金を回して賄ってるはずだ。そんなら財布の紐を握るのは雑作もない」

「妾の方は俺が灸を据えてやってもいいぜ」

久が愉快そうに言った。

「『萬朝報（よろずちょうほう）』の〝弊風一斑蓄妾の実例（へいふういっぱんちくしょうのじつれい）〟、あれにでかでかと載せるってのはどうだい？」

「萬朝報」は明治二十五（一八九二）年、黒岩涙香が創刊した新聞で、ゴシップ報道で人気を博していた。「蓄妾の実例」は権力者の妾を実名・実住所・実年齢・親の氏名まで明記して暴露した記事で、萬朝報の呼び物の一つであった。

「あら、伯父さま、どうしてそんなことがお出来になるの？」

「あそこの社長の〝マムシの周六〟は、うちの小浜のご贔屓でね。よく座敷に呼んでくれるんで、俺も一度挨拶に行ったら、お互いすっかり意気投合しちまってさ。まあ、その程度の便宜なら、いつでも図ってもらえる仲だ」

菊乃はきっぱり首を振った。

「私は三矢薫子という人には、正直言って何の恨みもないわ。殿さまのお手がついた腰元みたいなものだもの。二人も子供を産んだのに亡くしてしまって、気の毒だと思っているの」

それは強がりでも何でもなく、今の正直な気持ちだった。当初は頭に血が上って怒りに我を忘れたが、冷静になって考えれば、侍女に主人を拒む権利はない。権利のない者に責任を問うことは出来なかった。

「それよりお祖父さま、どうやって財布の紐を握ればよろしいの？」

「まずは綿密な調査が必要だが、これは倅の会社の人間を使おう。専門家だから、間違いがない」

「何を調べるんですか？」

「財政状況だ。華族は元大名も元公家も、商売を知らない。怪しげな事業に投資して失敗したり、連帯保証人に名を連ねて財産を失う御仁も少なくない。お菊、おまえの婚家も浮き世のことはあまりご存じないようだ。色々と危ない橋を渡っていることだろうよ」

菊乃は忠左右衛門の言葉をひと言も聞き漏らすまいと、精神を集中して耳を傾けていた。

その日の午後、菊乃と通敬は客間のテーブルに並んで座っていた。テーブルの上には帳簿が積み上げてあり、その後ろには壁を背にして二人の男が無表情で控えている。

菊乃は睦子の顔を見据えて言った。

「一柳、表の安原と鮫島、それから家令の町田をここへ呼んでおくれ」

声は凜然として妥協がなく、常にも増して背筋を伸ばし、昂然と顔を上げた姿からは不退転の決意が伝わってきて、「奥が表の職員を呼びつけるなど、前例のないことでございます」などと、とても言い出しかねる雰囲気だった。

それでも睦子は返答する前に、ちらりと通敬の顔色を窺(うかが)った。

通敬は内心苦々しく思っているはずだが、それを顔には出さず、睦子に軽く頷いて同意を示した。

「かしこまりました」

睦子は一礼して客間を退出した。渡り廊下を通って日本館の執務室に向かう途中、この異変を画策したのがテーブルの後ろに控えていた二人の男であることを確信し、はらわたが煮えくりかえった。

先週、十日ぶりに里帰りから二礼家に戻ってきた菊乃は、顔色も良くげっそりこけていた頬もふっくらとして、すっかり健康を取り戻した様子だった。そして、実家から二人の男を伴ってきた。大堂家に仕える家職員だと簡単に紹介された。

「事情があって、何日かこちらに泊まって事務所で仕事をします。部屋を用意してやっておくれ」

こともなげに言い渡され、睦子は神経を逆撫でされた。二礼家はいつでも客人を二、三人滞在させるくらいの準備は出来ている。まして使用人なら客ではないから、泊めるくらい雑作もない。しかし、当主の信敬卿や後継者の通敬卿を通さず、嫁入りしたばかりの平民出の菊乃にそんな命令を下されるのは心外この上なかった。

「畏れながら若奥さま、それは三位さまもご承知の上でございましょうか？」

皮肉たっぷりに聞き返すと、菊乃は挑むような目をして頷いた。

「もちろんです」

「それでは、ご命令は三位さまを通して伺います」

その途端、菊乃の形相が変わった。睦子の知る限り女の怒りの形相を表す言葉は「柳眉を逆立てる」だが、そのときの菊乃の闘志と気迫は、とてもそんな大人しい表現では追いつかない。「虎が牙を剝く」とでも言いたくなるほどのすさまじさだった。

「私の命令は三位さまのご命令です。それが聞けぬと言うのなら、本日ただいまを限りに、おまえには暇を取らせます」

声音も口調も静かで落ち着いていたが、それだけに不気味な迫力がこもっていて、睦子は全身が粟立つ思いだった。あわてて頭を下げ、口の中で「かしこまりました」とつぶやいて、逃げるようにその場を離れた。

そのことがあって以来、反発を感じながらも、睦子には菊乃を恐れる気持ちが芽生えていた。明らかな「位負け」だった。

菊乃は客間のソファに腰を下ろし、唇を真一文字に引き結んで、真っ直ぐ前を向き、宙を睨み据えていた。宙に浮いているのは二礼家を覆っている霧で、その向こうに真の姿が見えている。霧は血統と権威を織り交ぜた千年もので、いかにも雅でありがたそうな雰囲気だが、それを取り払った後に残る二礼家の実態は、何とも貧弱で哀れな姿で、おまけに腐敗が進んでいた。

腐敗を取り除くこと、そして貧しく脆弱な内情を豊かで健全なものに育て直すこと、この二つが菊乃が肝に銘じた使命だった。

あの日、具体的な方策を菊乃に授けた後、忠左右衛門はしみじみと言い聞かせた。

「なあ、お菊。人間一番大事なことは、己の身一つにどれほどの貫目があるかってことよ。武家だの公家だの華族だのってのは、ありゃあ着物だ。着物を無くしたが最後、吹けば飛ぶような人間じゃ仕方ねえのさ」

忠左右衛門は明治維新で没落した武士階級を例に挙げた。

「着物を取り上げられた途端、小野寺の殿さまはあっという間に無一文になりなすった。若さまがえれえのは、ご自分の軽さを先刻ご承知で、身の丈に合った生き方をなさったことよ。普通、そうはいかねえ。着物の貫目とてめえの貫目の区別がつかなくて、身のほど知らずに息巻いて、結句すべてをダメにしちまうんだ」

久は皮肉に笑って頷いた。多くの実例を目の当たりにして、骨身に沁みているのだろう。

「お菊の亭主の家だっておんなじさ。たまたま風向きが変わったから良い目を見てるだけで、別にお公家さまが力を合わせて風向きを変えたわけじゃねえ。あの方たちは風見鶏よろしく、風向きに合わせてあっちを向いたりこっちを向いたりで生き延びてきた、まあおよそ情けない生業（なりわい）の連中よ。そんなもの、ちっともありがたがることたねえやな」

忠左右衛門の言葉は痛快無比で、菊乃は胸のつかえが下りて、すっきりした。

「俺がいっち自慢に思うのは、背中の彫物と〝昇り龍の忠太〟の二つ名さ」

放蕩無頼の青春時代を懐かしむように、忠左右衛門は眼を細めた。

「蔵前の札差連中が徳川（とくせん）や官軍の着物にすがって軒並み倒れた中、大堂屋だけが持ちこたえたのは、俺が着物なんざ信じちゃいなかったからよ。身体一つ、綱渡りで世の中を渡り切ったからこそ、着物の貫目と中身の貫目を間違えずに済んだのさ」

そして、いとしげな眼差しを菊乃に注いだ。

「お菊、おまえには俺の血が流れている。俺の血を一番色濃く受け継いだのは、勝太郎じゃねえ。雄一郎や恒二郎でもねえ。おまえだ、お菊。おまえだけが、俺と同じ目をしている」

お祖父さま……。

忠左右衛門の言葉が耳に蘇り、菊乃は全身が奮い立った。身体の中に流れる〝昇り龍の忠太〟の血が滾っている。それは身を守る盾となり、敵を倒す刃ともなる力だ。この血を武器に生きるのだと思った。もう決して着物の貫目にごまかされたりはしない。

間もなく睦子が町田、安原、鮫島を伴って部屋に入ってきた。

町田儀兵衛は三代前から二礼家に仕えている家令で、対外的な財務と外交面の責任者である。五十二歳だがすでに髪が白く、六十近い年に見える。それでもいつも姿勢だけは良いのに、今は何故かがっくり肩が落ちて背中が丸くなり、一回り縮んでしまったようだ。

安原と鮫島は町田の下で働く家職員で、財務管理を担当している。三人は菊乃と通敬が並んで座るテーブルの前に立ち、深々と頭を下げた。

「そこへお座り」

菊乃が命じると、三人ともぎごちない動作で従った。緊張で顔が強張り、目が不安げに泳いでいた。

菊乃は振り返り、席の背後に立つ二人の男を見た。どちらも大堂商事の社員で、財務監査を専門としている。忠左右衛門が勝太郎に談判して社員の中から選ばせた精鋭だった。二人は確信に満ちた顔つきで頷き、菊乃は帳簿を三冊取ってページを開いた。

「単刀直入に言います。帳簿を調べさせたところ、不備な点がいくつか見つかりました。まず、日本鉄道の株を購入したことになっているが、配当が入金されていない。北海道の山林を購入したことになっているが、登記がなされていない。東亜通商という会社設立に際して資金を援助したことになっているが、そもそもこの会社には実体がない。その他にもあるが、とりあえずこの三点について説明してもらいます」

菊乃の言葉の途中から、安原は額に汗を浮かべ、鮫島は耐えかねたように顔を伏せた。肩が小刻みに震えている。その様子を目の当たりにして、町田も狼狽(ろうばい)していた。大堂商事の社員たちの調査が進むにつれ、部下が不正を働いていたらしいことを薄々感じてはいたが、それが明らかになれば、監督責任を問われるのは町田自身なのである。

菊乃は黙って安原と鮫島を凝視した。二人がもはやこれまでと観念し、横領の罪を告白するまで十五分とは掛からなかった。

「三位さま、私の不徳の致すところでございます。どうぞお許しください！」

町田が椅子から滑り降り、絨毯の上に平伏した。

「町田、もうよい」

通敬が苦しげな声で言った。見たくないものを見せられている苦痛が、顔にも声にも顕著に表れている。

「これからの対処はあなた方に任せます。どうぞよろしく」

菊乃は振り返って大堂商事の社員に告げると、通敬を促して席を立ち、客間を出た。後には二人の社員が席に着き、安原と鮫島から事情の聴取を始めた。

「……二人とも親の代から家に仕えてくれた者たちだ。暇を出すのは致し方ないが、警察沙汰にはしたくない」

サンルームに移動して二人きりになると、通敬はようやく口を開いた。不快な表情を浮かべている。

「私もそれは得策ではないと思います。世間に二礼家の恥をさらすことになりますから」

親の代から仕えている奉公人に裏切られて財産を横領されるなど、恥辱もいいところだった。大堂家にも親の代から仕えている奉公人はいるが、みな忠義一筋の正直者である。早い話が、伯爵と通敬は飼い犬に手を噛まれたわけだが、それは二人が舐められたからに他ならない。不甲斐ない主人と侮ったからこそ、裏切ったのだ。

菊乃はそれらの言葉を口には出さずに呑み込んだ。苦い味が口の中に広がっていくようだった。通敬を見ると、菊乃に向ける目の中に、隠しようもなく不快の色が浮かんでいる。不快の念は横領を働いた二人の職員ではなく、それを暴いた菊乃に向けられているような気がした。職員にまんまと騙されたことを知らされ、それを恥じているのかとも思ったが、どうやらそうではないらしい。平穏な暮らしに波風を立てられた、そのことが不快なのだ。

まったく、どういう神経をしているのやら。

考えると、菊乃は呆れるばかりだ。里帰りしている間に忠左右衛門から、二礼家には先代からの借金があったこと、そして結婚に際し、勝太郎が借金をすべて清算した上で莫大な持参金を出したことを聞かされていた。金で苦労したというのに金を大事に扱おうとしない精神構造が、呆れるのを通り越して信じられなかった。

菊乃は自然ときつい口調になった。

「でも、三位さま。このような不祥事が出た以上、表の仕組みをこのままにしておくわけには参りません。特に、このまま町田に財務を任せることは得策ではありません。安原と鮫島が良からぬ企てをしたのは、帳簿を操作すれば町田の目をごまかせると知っていたからです。町田には財務を監督する能力がありません。これからは帳簿の分かる者に財務を監督させ、定期的に調査をして、報告させなくては……」

「差し出たことを言うな」

菊乃は通敬の怒った顔を初めて見た。父の勝太郎や忠左右衛門が怒ったときは顔つきが険しくなったが、通敬は逆で、一切の表情が消えて能面のようになった。

「二礼家の財務を監督する権限は当主にある」

「権限だけあっても能力が無ければ、また今回のような不祥事が出来いたします」

通敬はわずかに目を見開き、信じられないものを見るような顔を菊乃に向けた。

「二度目の失敗は許されません。二礼家の格式と体面を保つためにも、財産を守ることは必要です。信用の置ける職員が見つかるまで、財務は大堂の実家から派遣されたあの二人に担当させましょう」

菊乃は真っ直ぐ通敬に顔を向けた。

「お舅さまや三位さまがお金の苦労をなさるのは、まことに畏れ多いことでございます。大堂は蔵前の札差出身で、金勘定には長けております。どうぞ安心してお任せくださいませ」

そこで微笑を浮かべ、先を続けた。

「どうぞ、このことは三位さまよりお舅さまに、よろしくお伝えくださいませ」

菊乃は椅子から立ち上がり、軽く一礼してサンルームを出ていった。通敬の刺すような視線を背中に感じて、もう一度にんまりと笑った。すると、初めて会ったときからずっと感じていた気後れが、跡形もなく消えていることに気が付いた。

「そやなあ。同じ鬼退治やったら、やはり『紅葉狩』がよろしいな。鬼が美女の姿を借りとるいうのが、何とも皮肉で面白いわ。〝外面如菩薩内心如夜叉〟は世間にようあることや」

「まあ、お舅さま。女がみんな〝高橋お伝〟や〝夜嵐おきぬ〟みたいな悪女ではありませんわ」

「おや、義姉君も隅に置けませんね。そんな毒婦の名前をご存じとは」

伯爵は口をすぼめて「ほっほっほ」と笑い、五百子も腫れぼったい一重まぶたの眼を細くして微笑んだ。

ここはサンルームで、二礼家の家族は今、菊乃も交えて午後のお茶を楽しんでいるところだった。伯爵たちは能の演目「紅葉狩」「大江山」「土蜘蛛」を話題に乗せていた。どれも鬼退治を描いた演目である。

菊乃は話の輪の外にいた。しかし、もはや寂しさもみじめさもまるで感じない。唇の端に笑みを浮かべ、鷹揚な気持ちで三人の会話を聞き流している。どうでもいい話だった。

「『道成寺』は鐘入りの場面になると、わたくし、いつも心配になりますの。だって、シテと鐘後見との息が合わなければ、大怪我をしてしまいますでしょう?」

五百子が能の「道成寺」に触れた。

「まったくです。だからこそ舞台に緊張感が生まれるのでしょうが。それにしても、『道成寺』を考えた人間は優れて独創の才がありますね。能の舞台であれほど大がかりで大胆な演出は、他に類がありません」

通敬が応じると、五百子はちらりと菊乃を見遣って話の矛先を向けた。

「菊乃さんは『道成寺』は歌舞伎の方がお馴染みかしら？」

「はい。以前新富座で市川團十郎（九代目）の『京鹿子娘道成寺』を観ました」

「如何でした？」

「それはもう、見事なものでした。でも……」

菊乃は小さく笑いを漏らした。

「あんな重い衣裳を着けて一時間近く踊り続けるなんて、大変ですわ。役者じゃなくてよかったと思いました」

三人はお義理のように笑い、また能の話へ戻っていった。

菊乃は平然としていた。付け焼き刃で勉強すれば、能の演目についてそれなりの知識を仕入れることが出来るだろうが、大堂商事の社員から二礼家の財政状態について説明を受けてから、すっかりその気は失せた。

能だの焼き物だの掛け軸だの、そんなものどうだってよい。とにかくこの家の屋台骨は腐って落ちようとしている。何とかこれを食い止めて、しっかり家を建て直さないと……。

頭の中で考えをめぐらせながら、ゆっくり紅茶を飲んだ。今の自分はきっと目つきが鋭くなり、表情が険しくなって、およそ近寄り難い雰囲気になっているだろうと想像がついたが、菊乃は少しも気にならなかった。

「本日お目見えに上がりました、上城里詮子でございます」

書斎の入口に立った睦子が後ろに控えた若い女を一歩前に押し出した。年齢は二十歳、色白で細面の大人しそうな顔つきだった。

「若奥さまと三位さま付きの係としてお仕え申し上げます」

睦子に促されて詮子は深々と頭を下げ、小さな声で「どうぞよろしくお願い申し上げます」と挨拶した。言葉にほんの少し京訛りがある。睦子と同郷の娘だというので当然かも知れない。

挨拶を受けて菊乃は軽く一礼して「お励みなさいませ」と言い、隣りの席に座る通敬はただ黙って頷いた。

睦子が新入りの詮子を連れて退出すると、菊乃はマホガニー製デスクの前に座る通敬の方を向き、書面を差し出した。

「三位さま、こちらにご署名とご印鑑をお願いいたします」

二礼家に遣わされた大堂商事の監査役から預かってきた書面だった。伯爵も通敬もまったく事務所に顔を出さないし、あちこち出歩いて家にいないことも多いので、急ぎの場合は菊乃が預かって通敬に決裁してもらうことにしたのだ。通敬はちらりと書面に目を遣ったが、内容を確かめようともしなかった。ペンを取り、インク壺に浸してからスラスラと署名をした。

内容については二礼家の家令町田に説明してあるので、後から確かめることは出来るが、それにしても家計に関わる大事な書類に目を通そうともしない通敬、そして父伯爵の態度は、札差から政商となり財閥を形成した大堂家に生まれ育った菊乃には、信じ難いものだった。こんな大事なことを他人任せにして、もし間違いがあったらどうするのか……。

通敬が印鑑を押す前に、一応菊乃は声をかけた。

「三位さま、内容をお確かめにならなくてもよろしいのですか？」

通敬は顔を上げ、菊乃を見て片頬に皮肉な笑みを刻んだ。

「大堂商事から差し向けられた人間のやることだ。間違いはあるまい。町田も承知なのだろう？」

「はい」

「それなら私が口を挟むことはない。よしなに頼む」

通敬は印鑑を押した書面を差し出した。その眼差しの冷たさは、とうてい妻となった女を見る目とは思えなかった。

この方が良い……。

菊乃は自分に言い聞かせた。大堂商事の社員たちのすることに一々口を挟まれたら、仕事がやりづらくなって滞る。黙って署名して印鑑を押してもらえるなら、それが一番良いのだ。

当然かも知れないが、実家から戻って以来、通敬は菊乃を寝台に招くようなことはしなくなった。三日に一度は外泊しているし、午後に出掛けて深夜に帰宅することも多い。おそらく三矢薫子の家か、菊乃の知らない別の妾宅を訪れるのだろうと思われた。

そして、そんなことを考えても、心は少しも痛まなかった。かつて、ずっと昔に亡くなってしまった通敬の前妻の面影に嫉妬したことを思うと、今のこの変わりように、菊乃は愕然とするばかりだ。あれから菊乃は人の妻になり、身籠もり、流産し、そして夫に裏切られた。だが、今は一連の出来事を嘆き悲しむ気持ちすら起こらない……。


「若奥さま、お昼食とお夕食のお献立をお持ちいたしました」

睦子が二枚の献立表を携えて食堂に入り、菊乃の前に進んだ。朝食を終えたばかりで、テーブルの向かい側では新入りの女中詮子が通敬に珈琲を注いでいた。今日はこれから夜まで外出の予定である。菊乃はざっと目を通して献立表を睦子に返した。

「結構です。お義姉さまにお伺いしておくれ」

「奥さまは本日、慈善会(バザー)のお打ち合わせで、お昼はお出掛けになります。お夕食も会のみなさま方と共にされるとのことでございます」

菊乃の知る限り、五百子の外出先といえば実家の親戚筋に限られていたので、慈善事業に興味があるとは初耳だが、大変結構なことだった。人には気晴らしが必要だ。

「そう。それではこのままの献立で」

しかし、通敬も五百子も留守となると、あの「ほっほっほ」の伯爵と二人きりで昼食と夕食を食べなくてはならない。考えただけで憂鬱だった。

「ああ、ありがとう。もう結構よ」

詮子が珈琲のお代わりを注ごうとするのを断り、テーブルにナプキンを置いた。同時に通敬もナプキンを置き、席を立った。

菊乃はサンルームに移動し、その朝届いた手紙類に目を通した。すぐに返事を要するものと、後回しで良いものに仕分けするのだ。ほどなく、窓越しに馬車の音が聞こえた。菊乃は手紙を置き、サンルームを出た。

外出の支度をした通敬が玄関ホールに現れた。後ろから詮子が付き従う。菊乃と通敬付きの女中なので、身の回りの世話をする。着替えるとき、指示された上着やタイや靴下を取って差し出すのも詮子の役目なのだ。通敬が玄関を出て馬車に乗り込むまで、詮子は深々と頭を下げていた。菊乃は少し離れたホールの奥から、軽く頭を下げて見送った。

通敬は午前中は仏教美術修復の進展具合を確認するために画家の仕事場に足を運び、午後からは貴族院議員の親睦会に出席すると言っていた。それが全部嘘とは思わないが、少なくとも全部本当ではないだろうと、菊乃は見当を付けている。

女と会うに違いない……。

ごく自然に冷笑を浮かべていた。通敬が何人妾を持とうがかまわない。何故なら、その中の誰を、いやすべてを失っても通敬の生活に支障を来すことはない。不自由なら新しい妾を得るだけのことだ。しかし、菊乃を失えば、二礼家は根底から立ちゆかなくなるのだ。お祖父さまの言う通り。私は二礼家で一番強い人間になる。そうすれば通敬さまは私の思い通りになるはずだから。


秋も深まり、冬がすぐそこまでやって来ていた。影が長くなり、日は短くなって、街には木枯らしが吹くようになった。広葉樹の葉が黄色く染まったと思ったら、今はすっかり葉が落ちかけて、裸の枝が細い指先を見せている。

菊乃がそれに気が付いたのはほんの小さなきっかけだった。

十二月に入ってすぐ、夜更けにふと目を覚ますと、隣りの寝台にいたはずの通敬の姿がなかった。そのときはさして気にも留めずに再び眠りに落ちた。

翌週、また同じことがあった。今度は多少気に掛かり、少しの間眠らずにいた。それでも睡魔には勝てずに寝入ってしまったが、翌朝目覚めたとき、通敬は隣りの寝台に戻っていた。菊乃が目覚めている間、隣りの寝台は空だったので、通敬が戻ってきたのはおそらく明け方近くだろう。秋の夜長とはいえ、長い時間寝室を離れて何をしているのか、菊乃には見当も付かなかった。

その朝、食堂で朝食の席に着いたとき、通敬の前にスクランブルエッグの皿を置いた詮子の顔が目に入った。特別意図したわけではなく、何のことなしにその顔を眺めた。元々腫れぼったいまぶたをしていたが、眼が赤く、明らかに寝不足を思わせる顔だった。

すると、不意に、すべての事情がすとんと腑に落ちた。

通敬は詮子に手を付けたのだ。夜中に寝室を抜け出して、詮子の寝所へ行ったのだ。

怒りで頭に血が上ったせいか、一瞬ぐらりと目の前が揺れたほどだ。それでも菊乃は取り乱すまいと決意して、無理矢理感情を抑えつけた。フォークの先でほんの少し卵をすくい、無理矢理口に運んだが、何を食べているのかまるで分からない。パンも口の中でもそもそしてなかなか飲み込めない。結局食事を半分以上残し、紅茶を二杯お代わりした。

「詮子、あとで一柳にサンルームへ来るようにと伝えておくれ」

菊乃は事務的な口調で言うと、ナプキンをテーブルに置き、まだ通敬が食事中であったにもかかわらず、席を立って食堂を出た。

「若奥さま、一柳、参じましてございます」

菊乃がサンルームに入ってほんの二、三分後、睦子がやって来た。能面のような無表情だが、その目が意地の悪い喜びに輝いているのを、菊乃は見逃さなかった。

「単刀直入に聞くが、上城里詮子は三位さまのお手が付いたのか？」

「畏れながら、左様でございます」

睦子は表情を変えずに深々と頭を下げた。

「詮子はおまえの郷里の出身と聞いた。最初からそのつもりで、この屋敷に雇い入れたのか？」

睦子はまたしても頭を下げ、畏れ入ります、と答えた。

「では、詮子はおまえに言い含められて、何もかも承知で奉公に上がったのだね？」

「畏れ入ります」

「分かった」

菊乃は睦子に目を据えたまま、はっきりと頷いた。

「詮子には今日限り暇を出します」

「畏れながら若奥さま、それは……」

言葉とは裏腹に、睦子は少しも狼狽していなかった。こんなやりとりはあらかじめ予想していたらしく、余裕があった。

「三矢薫子と同じく、詮子にもどこか住まいを見つけてやりなさい。前回と同じ手続きを踏めばいいことだから、町田と相談して計らいなさい。そして、三位さまにはそちらにお出掛けいただくように、おまえからお伝え申し上げておくれ」

「かしこまりました」

睦子はわずかに意外そうな表情を見せて一礼した。

「そして一柳、これだけははっきりと申し渡しておきます」

菊乃の目と声に重い力が加わった。

「今後、この屋敷の中で二度とこのような真似をしてはなりません。二礼家は芸者屋でも女郎屋でもない。妾の候補を三位さまにお目にかけたいなら、よそでおやり。家名の汚れです。分かりましたね？」

睦子は二呼吸ほど置いてから憮然として「かしこまりました」と答え、頭を下げた。

「それから、一柳……」

菊乃はドアに向かう睦子を呼び止めた。

「婚礼に際し、二礼家には大堂家と取り交わした約定があります。それには、二礼家の家督相続人は私の血を引いた子供でなければなれないと定めてある。だから妾の産んだ子は、男でも女でも他家へ養子に出すことになる。それは承知だろうね？」

「畏れ入ります」

睦子は無表情で頭を下げ、部屋を出ていった。

「正客なんて、気の重いことです」

五百子はことさらに困惑気味の表情を作った。

「義姉君がご心配なさらずとも、それがあちらの奥さまのご意向なのですから」

話題に上っているのは、さる宮さまの姫君が降嫁した葛城侯爵家のことで、五百子はその姫と幼馴染みだという。冬至の頃に行われる「夜咄(よばなし)」の茶会に招待されているのだ。

「でも、今年の夜咄には仁阿弥の黒楽を出すそうですの。茶碗に魅入られてお手前がおろそかになりそう……」

「葛城さんのとこは昔からお茶道楽やから、楽も天目も、そりゃ仰山揃ってるやろなあ」

「それはもう。お茶室の設えも……」

ここは日本館の食堂で、今夜の夕食は和食だった。

菊乃はぶりの照焼きに箸を伸ばしながら、じっと三人の様子を観察していた。詮子を二礼家から追い出したのは今朝のことだが、そんな騒ぎなど無かったかのように、茶碗から始まって茶釜、棗、茶杓、掛け軸と、優雅な講釈が続いている。

「大堂さんのとこは、初釜はいつですの？」

ついでのように五百子が菊乃に話を振るのもいつものことだ。

「日にちは決まっておりませんが、一月の中頃です」

「それはきっと、大勢さんお招きになって、賑やかなことでしょうねえ」

「父の方は、どうしても大人数になるようです。それも男の方ばかりで……」

菊乃はにっこり笑ってあとの言葉を濁した。大堂家の初釜は、勝太郎が正午の茶事を催した後、母の佳乃が女性客を招いて跡見の茶事を催した。菊乃はいつもそこに末客として出席し、佳乃の手助けをした。今となっては楽しい想い出だが、何故か話す気になれなかった。

三人はすぐにまた某家の茶室がどうだとか、某家の茶会でこんなことがあったとか、菊乃の知らない事柄を楽しげに話し始めた。

菊乃は五百子に笑いかけている通敬の顔を眺めた。そこに浮かんでいるのはとても柔らかな表情だった。いたわりと尊敬……兄の未亡人であり、名門蒔田侯爵家の息女である女性に対する気持ちとしては、当然かも知れない。通敬は本人が望むなら、兄嫁とさえ細やかな感情をやりとりすることが出来る。それなのに……。

まるで口の中に苦い味が広がっていくようだった。夫婦でありながら自分と通敬はまるで仇敵(きゅうてき)のようだと思う。苦さを噛みしめながら、なおも通敬の顔から目を離せない。

視線に気付き、通敬が不審な顔をした。

「どうした？」

菊乃はにっこり笑って答えた。

「拝見しておりました。私は三位さまのお顔を眺めるのが好きなのです」

伯爵と五百子は大袈裟に苦笑したが、通敬は憮然として目を逸らしただけだった。菊乃はゆっくり息を整えて再び口を開いた。

「お舅さま、三位さま、一柳に暇を出していただけませんか？」

伯爵も通敬も五百子も、驚愕のあまり息を呑み、すぐには返事も出来なかった。

「……なんやて？」

菊乃は伯爵に顔を向け、微笑んでから頷いた。

「なんでや？　一柳には何も落ち度はあらへんで」

菊乃は笑顔のまま首を振った。

「三位さまの妻である私を差し置いて、この屋敷の中で勝手なことをしております。このままにしておいては、先が思いやられます」

「まあ、あんたの気持ちは分かるけどやな。あれも悪気があってしたことやない……」

悪気が無くてどうしてあんなことが出来るんですか……菊乃はその台詞を呑み込んだ。

目の前の伯爵は、明らかに狼狽していた。

「菊乃さん。一柳はお亡くなりになったお姑さまがお輿入れなさるとき、琴平家からこなたさまに付いてきた女中です。こなたさまの内々のことも誰よりもよく分かっております。一柳を辞めさせたら、その後はどうなさるの？」

五百子がやんわりと口を挟んだ。その隣りで伯爵はいくぶん青ざめている。

菊乃は伯爵が気の毒になってきた。妻に先立たれ、年老いて、気心の知れた頼りになる女中頭に辞められるのが心細いのだろう。睦子がいないと不自由なことも沢山あるのかも知れない。

　通敬はと見れば、能面のような顔で押し黙っている。内心、はらわたが煮えくりかえっているのだろう。それでも菊乃と言い争うことを避けるのは、負け戦をしたくないからだ。大堂財閥の財力を背景にした菊乃は、もはや二礼家の伝統と権威の力では制御することの出来ない存在になっていた。

「分かりました。しばらく様子を見ることにいたします」

　菊乃の返答を聞いて伯爵は安堵の表情を浮かべた。

　菊乃は箸を取り、何事もなかったように夕食の残りを食べ始めた。


「三位さま、大変でございます！」

　慌ただしく寝室の扉がノックされた。

「何事だ、騒々しい……」

　通敬はすぐに起きてガウンを羽織り、入口へ歩いた。廊下に立っているのは家令の町田だった。

「御前さまが、お倒れになられました」

　その言葉が終わらないうちに、通敬は寝室を飛び出していった。

　菊乃もすぐに着替えて伯爵の屋敷へ走った。深夜だが、廊下にはすべて灯りが点いていた。

伯爵の寝室の襖は開け放され、廊下には家令の町田と男の職員、そして女中が立って、中の様子を見守っている。菊乃が行くと、みな一斉に脇に寄って道を空けた。

伯爵は三枚重ね布団の上に仰臥していた。わずかに口を開けている。傍らには通敬、五百子、睦子が布団を囲むように座っていた。三人とも着替える間もなく、寝間着のままだった。

菊乃は伯爵が息をしていないことに気が付いた。通敬も五百子もすでに承知している様子で、黙って死に顔を見下ろしている。菊乃もそれに倣い、通敬の隣りに座って黙禱を捧げようとした。

と、そのとき、ふと違和感を覚えた。

通敬と五百子は寝間着の上にガウンや羽織を着ているが、睦子は白絹の寝間着のままだった。日頃の落ち着きぶりとは別人のように、茫然自失していた。そして、伯爵の布団の隣りにも一組布団が敷かれていて、誰かが起きた跡のように掛け布団がめくれていた。

菊乃は伯爵の死に顔と睦子と布団を交互に見比べ、ようやく事態を吞み込んだ。

この女は、お舅さまの夜のお伽をしていた……!?

伯爵の死よりも、事実を見せつけられたことの方が衝撃だった。ただ啞然として、言葉もなかった。

いったい何なの、この家は？

腐っているとしか思えなかった。大堂家で言えば、母佳乃の実家から付き従ってきた女中頭の坂崎成子と父勝太郎が関係していることになる。菊乃の常識ではあり得ない出来事だった。伯爵と睦子の関係が夫人の存命中から始まったのか、亡くなってから始まったのかは知らないが、とにかく同じ家の中で、主人と奉公人の立場を保ったまま関係する神経が、菊乃には耐え難かった。

菊乃は伯爵の亡骸に手を合わせて黙禱すると、一礼して立ち上がり、洋館へ戻っていった。

二礼信敬伯爵の葬儀はしめやかに、滞りなく執り行われた。享年七十二で、年に不足はなかったから、嘆きや悲しみに包まれることなく、式次第は淡々と進行した。

平静を保つ奉公人たちの中で、一柳睦子だけはすっかり気落ちして呆けたようになってしまい、まるでものの役に立たなかった。普段なら大いに支障を来すところだが、三年前に通敬の兄秀敬の葬儀を出しているので、そのときの経験が役に立ち、事なきを得た。

葬儀を終えると、通敬は宮内省に届けを出して家督を相続し、爵位を継承した。こうして通敬は二礼伯爵となり、菊乃は伯爵夫人となった。

「この度はお父さま、お母さまには大層なご尽力を賜りまして、ありがとう存じました」

菊乃が実家の大堂家を訪れて過分な香典その他の助力に礼を述べたのは、年が明けた明治二十九（一八九六）年一月半ばのことである。

「あなたも嫁いだ早々、大変でしたね」

佳乃は優しく言って菊乃を気遣った。結婚からわずか八ヶ月の間に、妊娠・流産・夫の女性問題、そして舅の死が立て続けに起こったのである。母親としては気が揉めて仕方なかった。

「喪に服している間、向こうの家では正月らしいことは何も出来ないのだろう?」

勝太郎も気遣わしげな顔だった。

「今年の初釜には伯爵と通敬卿をご招待したかったのだが、残念なことになったものだ」

「ですから、お母さま……」

菊乃は佳乃の方を向いて甘えた声を出した。

「もうひと月近くずっとお精進料理が続いて、飽き飽きですの。今日はコックに言って、お肉とお魚をたっぷり使ったフランス料理を作らせてくださいませ」

「まあ、この子は……」

佳乃は勝太郎と顔を見合わせ、幸せそうな笑い声を立てた。二人とも、これからの娘の幸福を信じて疑わなかった。若くて美しく、聡明で健康で伯爵夫人なのだ。この先きっと何人も子供に恵まれるだろう。その子が、自分たちの孫が爵位を受け継ぐのだ。これ以上の幸福と名誉があるだろうか。

「では、私、お祖父さまにご挨拶して参ります」

菊乃が席を立とうとすると、佳乃が注意した。

「あまり長居してはなりませんよ。お祖父さまは暮れにお風邪を召したのが、まだ良くおなりになっていないのですからね」

「まあ、それはお珍しい」

菊乃の知る限り、忠左右衛門は風邪一つ引いたことがない。しかしよく考えれば、今年喜寿（七十七歳）を迎えるのだった。

「よう、お菊」

だが予想に反して、日本館の座敷で炬燵に当たっている忠左右衛門は、顔色も良く、元気そうに見えた。例によって久が遊びに来ていて、炬燵で差し向かいになって碁を打っている。そして、十五、六の若い娘が忠左右衛門の背後に膝立ちし、肩を揉んでいた。

「お嬢さま、お帰りなさいませ」

菊乃が入っていくと、娘は畳に手をついて頭を下げた。地味な紬に着物と揃いの前垂れを掛けているが、髪は正月らしく結綿に結っていた。

「ええと……誰だったかしら？」

「植竹の早苗坊だよ。ずいぶん大きくなっただろう」

久に言われて、菊乃も幼顔を思い出した。

「驚いたわ。この前会ったときは、まだ尋常小学校の……」

「卒業の年でした。今年数えで十六になります。今、お針に通ってるんです」

早苗は両頰にえくぼを作って答えた。大堂家に出入りする大きな植木職「植竹」の親方の娘だった。よく祖父と父親にくっついて庭に出入りしていた。菊乃は姉妹がいないので、早苗が来ると部屋に上げて遊んだものだ。人形遊び、歌留多取り、それによく絵本を読んでやった。

「お嬢さまはますますお綺麗になんなすって。伯爵さまの奥さまにおなりだそうで、おめでとう存じます。大した出世だって、うちじゃお父っつぁんもおっ母さんもお祖父ちゃんも、みんな感心してるんです」

「ありがとう」

まるで飾り気のない讃辞を聞くと、菊乃は素直に嬉しくなった。

「ご隠居さま、旦那さん、あたし、お茶を淹れて参ります」

早苗は元気に立ち上がり、座敷を出ていった。

「娘十六番茶も出花……とはよく言ったもんさ。猿みたいに木登りの上手い、男みたいな子だったが、それなりに見られるようになったじゃないか」

久は煙草盆を引き寄せ、煙管に刻みを詰めた。

早苗が座敷から遠ざかったのを確かめると、忠左右衛門はぐいと身を乗り出した。

「ところでお菊、向こうの首尾はどうだ?」

「上々ですわ。みんなお祖父さまと伯父さまのお陰です」

「そりゃ良かった」

菊乃は声をひそめ、故伯爵と睦子との関係を打ち明けた。

「反吐が出るわな」

「虫酸が走らあ」

忠左右衛門と久は顔をしかめ、同時に吐き捨てた。

「……ったく、江戸城大奥ならいざ知らず、てめえの家の中でお手つきの女中を働かせる了簡が気にくわねえ」

「貧乏公家のやりそうなことじゃありませんか、ご隠居。外に囲うだけの銭がないからですよ」

久は煙管を吹かしながら、こともなげに言った。

「で、お菊、その女中頭はどうした？」

「暮れに暇を取りました。こちらも渡りに船だったので、退職手当ははずんでやりました」

「ま、それがいい。それで恨みっこなしだ」

久がからかうように言った。

「お菊ちゃん、心配なら旦那を新橋へよこしな。良い妓を紹介してやる。素人女に手を出して面倒臭いことになるより、芸者ときっちり遊んだ方が、ずっと安心だぜ」

菊乃は、それも良いかも知れないと思った。

「いずれお願いするかも知れませんわ、伯父さま」

そこへ、襖の外から声がかかった。

「お茶を持って参りました」

静かに襖が開いた。早苗は廊下で一礼してから盆を座敷に入れ、自らも中に入って再び襖を閉めた。茶菓は菊乃と忠左右衛門は煉りきりで、久は煎餅だった。久は辛党で甘いものが苦手なのだ。

「これは、気が利くねえ、早苗坊」

早苗は嬉しそうににっこり笑った。両頬のえくぼが深い。

「気が利くついでに、あとでぬる燗を二合ほど頼むよ」

「まあ、旦那さんたら」

早苗のえくぼを眺めるうちに、菊乃はふと思いついた。

「ねえ、早苗。お針の稽古が終わったら、お宅ではおまえをお嫁にやるのかしら？」

「うちのおっ母さんが言うには、本当はお嫁に行く前に、二、三年大堂さまのお屋敷で行儀見習いでもさせていただければありがたいんだけど……って」

「あら、そうなの。じゃあ、私から母に頼んであげるわ」

「えっ？　ほんとですか？」

菊乃はにっこり笑って頷いた。早苗はぷっくりした頬にくっきりとえくぼを刻んで、喜びをいっぱいに表している。

「それで、もしよかったら私の家に来ない？」

「お嬢さまの？」

早苗は興奮で頬を赤くした。

「あ、あの、伯爵さまのお屋敷に上がれるんですか？」

「ええ。ご両親とおまえさえ承知してくれるなら」

「も、もちろんです！　否やがあるはずありません！　お父っつぁんもおっ母さんも大喜びします！」

早苗は少しでも遅れたらこの幸運を逃してしまうとばかりに、息せき切って言い終えた。

その様子を見て、菊乃はますます意を強くした。

二礼家を変えていこうとするなら、これからは私にも屋敷の中に忠実な部下が必要だわ。坂崎成子のように、お母さまのためなら命も投げ出そうという忠誠心を持った部下が。

早苗はきっと私の忠実な部下になってくれるだろう。早苗と私は、多分同じことを喜び、同じことを悲しむ。同じものを大切に思い、同じものを忌み嫌う。だからきっと分かり合い、助け合うことが出来る。きっと……。

「植竹」は江戸の頃から続く大きな植木屋で、職人を何人も使って手広く商売をしていた。

今は早苗の父親竹本伝蔵が跡を継いでいるが、その祖父の代から大堂家に出入りし、庭と植木の世話をしてきた。大堂家は上得意であり、長年の付き合いでもあるので、早苗の両親も娘を菊乃のもとで花嫁修業させることを喜んだ。

早苗の母親のこう自身が、親戚のツテを頼って大堂家で行儀見習いの奉公をしていた頃、出入りの植木職人だった伝蔵……当時の名は伝吉で職人たちからは〝若〟と呼ばれていた……と相惚れになり、結婚したという経緯がある。

「早苗がお嬢さまのお屋敷にご奉公に上がれるなんて、本当にありがたいことでございます」

大堂家に挨拶に来たこうは、佳乃と菊乃の前で嬉しさを隠せない様子だった。

「何しろうちは職人の家でございますから、がさつで騒々しくて。ちゃんとしたお屋敷で行儀見習いをさせないと、嫁に出してから恥をかくって、亭主とも話していたんでございますよ」

「そんなことありませんわ。昨日、隠居所で早苗さんにお茶を淹れてもらいましたけど、お作法もちゃんとしていましたし、とても気が利いていて、立派なものでした」

こうは恐縮して「とんでもないことでございます」と首を振ったが、顔に嬉しさがにじみ出ていた。

早苗はこの母によく似ていた。身体は小柄で引き締まり、顔も目も鼻も口も丸い。クリクリとよく動く目は表情豊かで、とても敏捷な感じがする。全体の印象は、どことなく可愛らしい狸を思わせる。二礼家の人々の、能面のような顔ばかり眺めてきた菊乃には、こうや早苗の生き生きとした丸っこい狸顔が、それだけで救いに思われるのだった。

「でも、お嬢さま、伯爵さまのお家は元お公家さまだと伺っております。やはり、こちらさまともずいぶん勝手が違うんでございましょうか？」

こうはやや心配顔で尋ねた。植竹の先代は武家屋敷に出入りしていたし、大堂家も当主夫人の佳乃は大身旗本の息女だから、武家にはいくらか馴染みがあるが、多くの東京市民と同じく公家はまったく無縁で見当が付かない。そこへ娘を奉公に出すのは、親としてはどうしても不安があるのだろう。

「心配はありませんよ。家の中を取り仕切る権限を持っているのは私ですから」

菊乃は鷹揚に笑ってみせた。

「ただ、家には私の他にもう一人『奥さま』と呼ばれている方がいらっしゃいます。伯爵の亡くなったお兄さまの未亡人で、蒔田侯爵家のお姫さまなのですが、おっとりした方で、きついことを仰ったりなさいませんから、大丈夫。安心してくださいな」

話は順調に進んで、竹本早苗は二月から二礼家に行儀見習いに上がることになった。名目は伯爵夫人付き小間使いである。

お目見えのとき、菊乃は家職員と女中たちに早苗を紹介した上で、女中頭の久世総子（くぜふさこ）に後を任せた。

「竹本早苗でございます。どうぞ、よろしくお導きくださいませ」

早苗ははきはきと挨拶し、最敬礼した。挨拶を受けた総子も満足そうに頷いた。

久世総子は一柳睦子が退職した後、菊乃が女中たちの中から頭に抜擢（ばってき）した。長年睦子の下で働いていたので諸事を呑み込んでいるのが最大の理由だが、二礼家生え抜きの使用人なので、琴平家からやって来た睦子の下で働くことに反発や不満を感じていたはずだという思惑も働いた。頭の上の重しが取れて、晴れ晴れしているに違いない。女中頭に就任してからは給料も大幅に上げてやった。

菊乃の狙いは的中し、総子は完全に菊乃の軍門に降った。菊乃に従っていれば、良い目が見られると身を以て知ったのである。今やすっかり菊乃に心酔し、忠誠を誓っていた。だから菊乃が実家から呼んできた早苗にも敵意は持っていなかった。女中頭としての威厳を保ちつつも、懇切丁寧に奉公の心得を伝授した。

「私と家令の町田はあなたのことは早苗と呼び捨てにいたしますが、それ以外の使用人同士では、お互いに〝さん〟付けで呼び合います。よろしいですね？」

「はい」

早苗は小学校の生徒のように、はっきりと頷いた。

「あのう、それで、久世さんと家令さんのことは何とお呼びすればよろしいのでしょうか？」

「久世さん、町田さんで結構ですよ」

早苗は重ねて尋ねた。

「それから、華族さまの言葉遣いは特別だと伺っております。気を付けることがございましたら、教えてくださいませ」

「ご当家では格別難しいお言葉をご使用にはなりません。まずは『ごきげんよう』と『畏れ入ります』を覚えておけば、当分はそれで間に合いますでしょう」

「ああ、良かった」

早苗は大きく息を吐き、嬉しそうな声を出した。

「あっと、間違えた！　畏れ入ります」

総子は呆れたが、早苗の邪気のない笑顔につられて、つい頬をゆるめていた。

菊乃はサンルームにいた。朝から暖炉に火を入れさせておいたし、陽当たりが良いのでとても暖かい。今日は夕食までずっと、書類に目を通したり、手紙を書いたりするつもりだった。通敬も五百子も朝から外出して夕食まで戻らない予定なので、昼食は簡単なものをサンルームに運ぶように命じてあった。

「失礼いたします」

ワゴンを押して入ってきたのは早苗だった。

「久世さんから、お嬢さま……奥さまのお昼をこちらに運ぶように申しつかりました」

早苗は舌を嚙みそうになりながらも、総子に教えられた通りの口上を述べた。

「はい、よくできました」

「いやだなあ、お嬢さままでからかうんだもの」

「どう、こちらの居心地は？」

「悪かありません。久世さんも、他のみなさんも親切だし。それにあたし、西洋館に住むの初めてだから、嬉しくって」

早苗は手際よく皿をワゴンからテーブルに並べ、ナプキンを置いた。

「お嬢さま、こちらのお屋敷では毎日洋食なんですか？」

ポットの紅茶をマイセン焼きの茶碗に注ぎながら、早苗がちらりと皿に盛られたサンドウィッチを見た。

「洋食は苦手？」

「いえ、木村屋のあんパンは大好物です。それに牛鍋も。でも、全然ご飯が食べられないんじゃ、お嬢さまもお辛いでしょう？」

早苗の受け答えがおかしくて、菊乃はクスリと笑いを漏らした。

「心配ご無用よ。うちのコックは和食も洋食も両方作れるから。そうそう、奉公人の食事はコックの助手が作っているの。食べたいものがあれば、頼んでごらんなさい」

早苗はパッと顔を輝かせた。

「そんじゃ、丸鍋を作ってもらおうっと。うちじゃドジョウは柳川じゃなくてマルなんです」

そして、いかにも楽しそうに先を続けた。

「さっき久世さんに聞いたら、今日のお昼の賄いは鰯の塩焼きと里芋の煮っ転がしですって。昼もご飯炊くなんて、豪的ですねえ。うちなんか昼はおっ母さんとあたしと女中二人だから、いつも残り物かあり合わせなんです」

早苗は数えの十六歳で、今が食べ盛りなのだ。菊乃は隣りの椅子を勧め、早苗の前に皿を押しやった。

「はい、お味見。他の人には内緒よ」

「嬉しい！」

早苗は遠慮せずにサンドウィッチをつまみ、パクリと頬張った。

「美味しいですねえ。パンで肉を挟むなんて、贅沢！」

瞬く間に一切れ平らげてしまった。

「お昼はちゃんと食べられる？」

「へっちゃらです」

菊乃はまたしても笑いを誘われながら、自分にもつい五年ほど前まで早苗と同じ時代があったことを思い出していた。

「お夕食の折にでも、こちらの旦那さまと旦那さまの兄嫁さまに紹介するわ」

早苗の顔ににわかに緊張が走った。

「……畏れ入ります！」

「急にどうしたの？」

「はい。お二人ともお公家さんの出だと聞きましたので……」

「ええ。でも、特別やかましいことを言うわけじゃないから、大丈夫よ」

菊乃には、通敬も五百子も新入りの女中など一顧だにしないだろうと分かっていた。

「久世からも言われると思うけど、この家では旦那さまのことは『御前さま』、兄嫁さまのことは『ご後室さま』と呼ぶようにね」

それは通敬が伯爵家を継いだとき、菊乃が定めた。通敬の位階は伯爵を受爵したときに自動的に正二位に上がったのだが、「二位さま」と呼ぶのは語感が良くないので「御前さま」に改めた。また、それまでは五百子が「奥さま」、菊乃が「若奥さま」だったが、伯爵夫人となった以上、菊乃が「奥さま」である。しかし五百子を「大奥さま」と呼ぶのは立場上おかしい。そこで身分のある未亡人を指した「ご後室さま」という呼称を用いることにした。これは武家の言葉だが、内心はどうあれ、五百子も通敬も表だって反対はしなかった。

「お義姉さま、ごきげんよう」

その日、五百子は午後四時に人力車で帰宅した。女中から知らされて菊乃は挨拶に出向いた。

「菊乃さん、ごきげんよう」

五百子は自分の居間でゆったりと脇息にもたれて座っていた。留守中に菊乃が命じておいたので、火鉢には赤々と炭火が熾り、部屋は暖まっている。

「お夕食は洋館の方にフランス料理を用意させようと存じますが、よろしゅうございますか？」

「ええ。そのようにお願いします。お昼はお弁当でしたから」

最近五百子は慈善会の集まりで週に二度ほど外出する。良家の夫人たちが福祉を目的に作った会で、今は女子教育の普及と充実を主眼にしているという話だった。

「炭の火が少し強すぎましたか？」

心なしか、五百子の顔は上気していた。

「いいえ。ちょうど良い加減ですよ。外が寒かったから、助かります」

五百子はおっとりと答え、風でほつれた束髪の鬢に手をやった。

菊乃は渡り廊下を通って西洋館に戻りながら、五百子が新しい趣味を見つけたことを喜んだ。最初はおよそ社会活動に向いているとは思えなかったが、毎回嬉々として出掛けていくし、楽しみにしているようだった。そのせいか、いつもぼんやりとしてパッとしない印象だったのが、時として華やぎを帯びて見えることさえある。

新しいお友達が大勢出来たようで、良かった。お義姉さまは夫も子供もいない。実家に戻ることも出来ない。年寄るまでずっとこの家で暮らさなくちゃならないというのに、今年はお舅さまの喪が明けるまで、お茶会やお能の観劇のご招待もお受けになれない。ずっと家に閉じこもっていたら、気が塞いでしまうわ。

それから一時間もしないうちに、通敬が馬車で帰宅した。

「御前さま、ごきげんようお帰りなさいませ」

菊乃はソファから立ち上がり、通敬を出迎えた。居間に入ってくるなり、通敬は菊乃の向かいのソファに腰を下ろし、背もたれに身体を預けた。疲れているようだった。

「お食事の前にお酒を召し上がりますか？」

「……そうだな。ブランデーを頼む」

菊乃が目で合図すると、総子が一礼して部屋を出ていった。

通敬が疲労しているのにはわけがある。父伯爵の死によって爵位を継承したので、貴族院の議席も受け継いだ。貴族院議員は公爵と侯爵は終身、伯爵以下は互選となっているが、通敬の議員の任期はまだ残っていた。また、貴族院では出自ごとに様々な会派を結成して活動に当たったが、その最大会派が伯爵と子爵らで構成する「研究会」であり、活動も活発だった。

さらに「尚友会」という会があって、名目は貴族院議員の親睦団体だが、実際には研究会の選挙運動機関だった。七年ごとの議員選挙で同じ派閥の議員を当選させるために、様々な運動を行っている。来年の七月十日が選挙に当たっており、運動も盛り上がっていた。

つまり通敬はあまり興味のない政治の集まりに度々引っ張り出され、閉口しているのだった。

「失礼いたします」

総子が早苗を従えて居間に入ってきた。銀の盆からレミー・マルタンの瓶とブランデーグラス、水差し、タンブラーをテーブルに置くと、一歩下がった。

「畏れながら御前さま、本日からご奉公に上がりました竹本早苗でございます。お見知りおきくださいませ」

通敬がちらりと総子の方を見遣ると、斜め後ろに立った早苗はペコリと頭を下げた。

「畏れ入りました！」

大きな声で言ってから、早苗は「しまった！」という顔をした。

「失礼しました。畏れ入ります……じゃなくて、ごきげんよう！」

とちったことで早苗は狼狽し、目を白黒させて真っ赤になっている。菊乃は思わず笑い声を漏らし、総子は「この子ったら、もう！」と言わんばかりの顔つきで早苗を睨んだ。そして通敬は珍獣を見るような目で早苗を一瞥したが、すぐに正面に目を戻してブランデーを注いだ。

「まことに、畏れ多いことでございます」

総子はあわてて最敬礼すると、早苗を連れて退散した。

「元気の良い娘でございましょう。実家に出入りの植木屋の娘なのです。嫁に出す前に二、三年行儀見習いをさせたいと頼まれまして」

「……素焼きの狸のような顔だ」

通敬は素っ気なく言ったが、その顔を見れば決して不快に思ってはいないようだ。

その日の夕食の席で、菊乃は新しい提案を切り出した。

「お義姉さまがお出掛けの日に、お留守の間お茶室を使わせていただいてよろしゅうございますか？」

スプーンを口に運ぼうとしていた五百子が、訝しげに目を瞬いた。

「かまいませんけど……？」

「竹本早苗にお茶の稽古をしてやろうと思うのです。そして、他の女中たちも希望者があれば一緒に教えてやろうと思います。それから、お花も」

「それはまた、大層なこと」

「ほんの初歩だけですが、お茶とお花の心得があれば、みんな後々役に立つこともあるかと思いますので」

五百子は曖昧に微笑んだ。反対はしないが賛同しているわけでもないのだろう。

しかし、菊乃は乗り気だった。女中たちにしてみれば、働きながら行儀作法が身につくのは嬉しいだろう。まして茶の湯や生け花の心得があれば、ご近所や親戚たちにも自慢になる。江戸の昔、裕福な商人たちが大奥始め大名や大身旗本の奥向きに娘を奉公に出したがったのも、屋敷勤めの教養で箔を付けるのが目的だった。

「そういうわけだから、お茶とお花、あとお裁縫とお料理をお勉強しましょうね」

菊乃の説明を聞いて早苗は大きく頷いたが、ふと気が付いた顔になった。

「でも、あたしが嫁入った先でお茶を点てることなんて、ありますでしょうか?」

「それはまだ分からないけど、お茶会にお呼ばれすることだってあると思うわ。そのとき、お作法を知らないと気後れしてしまうでしょう？　それに、お茶のお稽古はとても役に立つのよ。自然と行儀作法が身につくし、所作がとても綺麗になるわ」

「そうですか。そりゃ良いですねえ」

早苗は答えてから、急にいたずらっぽい目をした。

「時にお嬢……奥さまは、お割烹なんかなさるんですか？」

「一通りはね」

大堂家では母の佳乃も女中頭の坂崎成子も、女主人たるもの自分で料理をする必要はないが、使用人に指図が出来なくてはいけないという方針だった。だから跡見学校時代から、大堂家のコックの指導で和食と洋食の基礎を習った。魚は鯛・鮭・鰹くらいならさばけるし、鴨や鶏も羽毛をむしってあれば、一羽丸ごと調理が出来た。

「残った産毛は、納豆の藁苞に火を点けて、それでこすって燃やして綺麗にするのよ」

「まあ、勇ましい。あたし、子供の頃鶏に足を突っつかれて、それから怖くて近寄れないんです」

その言い方が真に迫っていて、菊乃はまたしても微笑を誘われた。そして、早苗を屋敷に呼んで本当に良かったとしみじみ思った。虚心坦懐、何の腹蔵もなく話の出来る相手が身近にいるというのが、こんなにも心強く、慰めになるものだとは、結婚して初めて分かったことだった。

すると、改めて二礼家の中で自分が孤独なことに思いが至った。縁あって夫婦になったというのに、通敬との距離は広がるばかりだ。この先、この距離が縮まるかどうか、菊乃には分からない。それでも、もはや引き返すことの出来ない道を歩いていることは承知している。それなら後ろを振り返るのは無益だ、前に進むしかない……菊乃は自分の心に言い聞かせた。

跡見学校に通っていた頃のようだ……。

早苗と二人の若い女中に茶の湯の稽古を付けながら、菊乃はふとそんな錯覚にとらわれた。三人の女中は緊張し、菊乃の一挙手一投足を真摯に目で追っている。入学当初、菊乃も緊張しつつお手前を披露し、高揚感に包まれたものだ。

稽古が終わり、後片付けを任せて菊乃は茶室を出た。お菓子の残りは懐紙に包んでそれぞれ持たせたので、三人ともはしゃいでいた。

西洋館への渡り廊下を歩きながら、菊乃も気分が浮き立っていた。指導するという役割は新鮮で、ちょっぴり得意でもあった。

居間のソファに腰を下ろし、その日届いた手紙類に目を通していると、献立表を手にした総子が入ってきた。

「奥さま、明後日の晩餐会の献立でございます」

通敬が「研究会」で懇意になった議員を招く予定になっていた。菊乃はざっと目を通して総子に献立表を返した。

「こちらで結構です」

総子は一礼して献立表を受け取った。どこかもの言いたげな様子で、菊乃がやや訝しげに「どうしました？」と問うと、一度はためらったが思い直したように口を開いた。

「奥さまがお茶とお花の稽古を付けてくださるようになってから、若い女中たちに何かこう、張り合いのようなものが感じられます。もちろん、こちらさまは働き甲斐のあるお家でございます……お給料も、待遇も。ただ、お稽古をするようになってから、これまでよりいっそう働き甲斐が出てきたような……そんな気がいたしております」

「それはとても嬉しいわ。特に久世、あなたの目からそのように見えるとしたら、格別にね」

「畏れ入ります」

総子は深々と一礼して出ていった。

菊乃の胸には小さな喜びが広がった。私のしたことは間違っていなかった……その思いに意を強くした。


二礼家の使用人の休みは週に一日で、同じ日に重ならないようにあらかじめ日程が決まっている。早苗も週に一度の休みをもらっていた。

「早苗さん、明日のお休みはお家へ帰るの？」

その日の午後、菊乃は早苗と若い女中二人に裁縫を教えていた。きみという女中は早苗とすぐに仲良しになって、茶の湯も一緒に稽古している。

「うん。久しぶりに、お父っつぁんとおっ母さんとお祖父ちゃんと、みんな揃って浅草で芝居を観て、ドジョウを食べるの」

「ドジョウなんて、美味しいの？」

きみは京都の出身なので、ドジョウには馴染みがない。

「あら、美味しいわよ。特にマル」

「一匹まんまが鍋に載ってるんでしょう？　気味悪いわ」

もう一人の女中が言った。

「大丈夫よ。ちゃんと下茹でしてあるから、柔らかくて骨まで食べられるのよ。葱と七味をたっぷり載せるとね……」

部屋の中は小鳥がさえずるような娘たちのおしゃべりで賑やかだ。菊乃は針を止めて顔を上げた。

「みんな、手がおろそかになっていますね。しごきは足りていますか？」

娘たちはあわてて糸をしごき、針を持ち直した。

「今日はこの辺でお終いにしましょう。そろそろ御前さまがお戻りになる頃です」

菊乃が声をかけたとき、柱時計は三時半を指していた。

三人が裁縫道具を片付けて居間を辞すると、それから十五分ほど後に、通敬を乗せた馬車が玄関前に止まった。

「ごきげんよう、お帰りなさいませ」

出迎えの挨拶を受けると、通敬はすぐに着替えのために二階の寝室へ上がった。手伝いのために早苗ときみが後に従って行く。

それから夕食までのひとときを、五百子を交えて居間で過ごした。

この日、通敬は西園寺公望侯爵に呼ばれて官邸に出向いていた。

「西園寺さんはお元気でおいやした？」

五百子の実家は西園寺家と懇意にしていて、五百子も西園寺の家族と顔見知りであるという。西園寺は第二次伊藤内閣の後半に文部大臣に就任したが、通敬も文部省の高級官僚だった時期があり、その縁もあって、西園寺が大堂家との縁談に仲介の労を執ったのだった。

五百子は西園寺を糸口に、二礼家と蒔田家の親戚筋や知人の動向を、通敬と共に楽しそうに話していた。

菊乃は何ということもなく、五百子が頻繁に出掛けていく婦人会の活動を思い出した。

「……そうだわ。お義姉さまが婦人会で取り組んでいらっしゃる女子教育の問題、西園寺さまにご相談なさったら如何でしょう？　お力になってくださるのではないでしょうか」

五百子は細い目をぱちくりと瞬いた。

「……そやねえ。考えたら、それは良い方法やわ」

五百子はふっと笑みを漏らした。菊乃にはそれが苦笑しているように見えた。

多分、五百子が参加している以上、それは華族の婦人ばかりの会で、みなそれぞれにツテを持っているからだろう……菊乃はそう解釈した。今更西園寺の名前など出さずとも、とっくの昔に各方面に働きかけているのかも知れない。

「そう言えばあの素焼きの狸も、いくらか身ごなしが落ち着いてきたようだな」

細巻きの葉巻を燻(くゆ)らせながら、通敬が唐突に言った。淡い紫色の煙の向こうで目が笑っている。早苗のことだ。

「まあ、三位さんたら……」

五百子は通敬を以前の呼び名で呼び、さもおかしそうに身をくねらせて、小さな笑い声を立てた。

「御前さま」

菊乃はわずかに咎める口調になった。

「若い娘のことでございます。どうぞそのようなおからかいはお慎みくださいませ」

「もっともだ」

通敬は機嫌を損ねた風もなく頷いた。

「奥さま、新橋の旦那さんからこちらをことづかって参りました。誰にも見られないようにお渡しして欲しいと……」

新橋の旦那さんとは、母佳乃の兄小野寺久のことである。

早苗が菊乃に手紙を渡したのは、化粧部屋の中だった。寝間着に着替えようとすると、当番のきみに代わって早苗がするりと部屋に入ってきた。その日早苗は休日で家に帰ったのだが、そこへ久がひょっこり訪ねてきて、手紙を託されたという。

「なにかしら？」

「……さあ、あたしにはさっぱり」

「いいわ」

着替えを手伝って早苗が寝室から出ていくと、菊乃は手紙を開いた。よんどころない事情でお目にかかりたいので、明日の午後、芝のさる料理屋に出向いて欲しいと書いてあった。

菊乃は手紙を二度読み直し、衣裳簞笥の抽出にしまった。久がわざわざ呼び出しをかけるとは、よくせきのことだろうと思われた。

「御前さま、本日は実家の祖父を見舞ってきたいのでございますが」

翌日の朝食の席で菊乃はそう切り出した。必ずしも嘘ではない。祖父は暮れに引いた風邪がまだ全快しておらず、寝たり起きたりの生活であったし、久と会う前に実家に寄って祖父の顔を見るつもりでいた。

「そう言えば、お祖父さまはおいくつにおなりですの？」

五百子が尋ねた。信敬伯爵が亡くなって以来、食事は三食とも五百子を交え、三人で摂ることにしていた。一人で食事をするのは寂しかろうという、菊乃の心遣いである。

「今年喜寿でございます」

「それはまた、おめでたいこと」

「ゆっくりしてくると良い。私は研究会の会合で出掛けるし、義姉君も婦人会の集まりでお出掛けになる」

通敬は鷹揚に言って紅茶茶碗に手を伸ばした。

菊乃は午前中に本郷の大堂家に赴いて忠左右衛門を見舞った。一月に会ったときよりいくぶん痩せているのが気になったが、それ以外は元気そうだった。祖父と昼食を共にして四方山話に花を咲かせてから、帰宅すると偽って芝の料理屋に出掛けた。

久が指定したのは芝増上寺の近くに店を構える「初はな」という店だった。格式張ったところのない小体な店だが、凝った普請で垢抜けている。玄関で女中に名を告げると、久は先に来ていて、すぐに二階の座敷に通された。

「すまないな。こんなところへ呼び出して」

火鉢には盛んに炭火が熾っていて、部屋は暖かだった。久は黒檀の座卓の前に座っていた。卓上には煎茶とお菓子があるだけで、酒は出ていなかった。

「勝手にやるから、来なくていいよ」

久は女中に祝儀を渡して下がらせた。

「ここは新橋も近いから、うちの妓たちも呼んでもらっているのさ」

ざっと説明した後で、言いにくそうに口をつぐんでしまう。

「伯父さま、どういうお話ですの？」

久はもの思わしげに懐手に腕を組み、眉間に深い皺を寄せ、一つ大きな溜息を吐いてから、やっと話し始めた。

「……これはまだ、ご隠居にも言ってない。お菊ちゃんにだけ話すんだ」

そして一呼吸置いてから、吐き捨てるように言った。

「前置きは抜きでズバリ言わせてもらう。俺は見ちまったんだ。先週、おまえの亭主とあの後家さんが待合いから出てくるのを」

菊乃は息が止まった。そのままじっと久の顔に目を据えて、息を詰めていた。

「……そうなんだ」

久はこくんと頷いた。菊乃はやっと大きく息を吐き、そして吸い込んだ。何度かそれを繰り返すと、心臓がドクドクと音を立てているのがはっきり耳に聞こえた。すると、ようやく声が戻ってきた。

「そんな……バカな」

久は気の毒そうな目で菊乃を見返し、ゆっくり首を振った。

「あの旦那ならやりそうなことだ。光源氏を考えてみねえ。オヤジの女房と出来ちまったんだぜ。そんなら死んだ兄貴の女房と出来たって不思議はあるめえ」

部屋全体がぐらりと傾いたようだった。

「おい、どうした？」

久の取り乱した声を遠くの方で聞いた。ほんの一瞬居眠りでもしたような気がして、目を開けると畳に突っ伏していた。菊乃は脇息を摑んで半身を起こし、何とか座り直した。暑くもないのに毛穴が開き、全身から汗が噴き出した。

「大丈夫か、お菊？」

度を失ってうろたえている久の顔を見ると、菊乃はかえって心が落ち着いた。

「大丈夫です。……でも、少し貧血を起こしたみたい。気付けに少しお酒をいただけるかしら？」

「待ってろ」

久は座敷を飛び出した。しばらくして戻ってきたときには、銚子を載せた盆を捧げた女中を伴っていた。女中は酒を置くと、気を利かせてすぐに引っ込んだ。

「冷やだが、いいな？」

菊乃は黙って頷き、杯に注がれた酒を干した。生まれて初めて呑む冷や酒は、腹の中を落ちていく感じがした。

久は手酌で二杯、不味（まず）そうにあおってから話を続けた。

「……悪いこた言わねえ。あの家は出た方がいい。きっちり事情を話せば、大堂の御前だって悪いようにはしねえよ。可愛い娘を、そんな化け物屋敷みたいなとこへ置いておくわけにゃいかねえさ」

菊乃は血の気の失せた顔を久に向けた。

「伯父さま、このことは他言無用に願います」

久は顔をしかめた。

「まず、事の次第を確かめます。間違いがあっては取り返しがつきませんから」

「……で、事実相違ねえと分かったら、どうするね？」

そうだ、そのとき私はどうすればいいのだろう？

菊乃は自らに問いかけた。おそらく久の話は事実だろうと、すでに心の何処かで納得していた。本当は週二回、いそいそと婦人会に出掛けていく五百子の浮き立った様子が、不思議でならなかった。日頃の五百子の言動を思い起こせば、どう考えても婦人会の社会活動……女子教育の普及などに関心があるとは思えない。それに、近頃は髪も肌も表情も潤いをまして、華やいで見える。あれは通敬との逢瀬を持ったから、久しく途絶えていた閨(ねや)の喜びが復活したから、それ故だったのだ。

菊乃は五百子の姿を思い描いた。自分より十歳も年上の女。ぼんやりした眉毛のパッとしない女。古くて狭苦しい世界の中を誰かに寄生して漂っている女……。そんな女に夫を奪われたのだった。

「こんなことはやめさせます」

「止めたって止まらないのが色の道よ」

軽口を叩いてから口調を改めた。

「なあ、お菊ちゃん。悪いこた言わねえ。今が見限りどきだぜ」

だが、久の忠告は菊乃の耳を素通りしていた。

「伯父さま、事の次第を調べたいのですが、どなたか信用出来る人をご存じありませんか?」

久は再び顔をしかめたが、諦めたように息を吐いた。

「……御一新前までお上の御用を務めていた男がいる。今は隠居だが、まだ腕は鈍っちゃいないはずだ。そいつに頼んでみる」

「ありがとうございます。どうぞよしなに」

菊乃は畳に手をついて頭を下げた。

「重ねて聞くが、それから先はどうするね？　旦那と後家が別れなかったら？」

「私、二人を許しません」

青ざめた顔の中で、美しい双眸が黒々と光って見えた。


「奥さま、大丈夫ですか？」

帰宅した菊乃の顔を一目見て、早苗が心配して声をかけた。血の気がなく、憔悴しきっている。

「お見舞いに行って、風邪をもらってしまったみたい。でも、これでお祖父さまは良くなるかしらね」

早苗に手伝わせて寝間着に着替えた。

「お医者さんをお呼びしますか？」

「大丈夫よ。一晩ゆっくり寝れば良くなります。それから、私は夕食は要りません。御前さまとご後室さまがお戻りになったら、風邪気味なので先に休ませていただきましたと、そうお伝えするように、久世に言ってきておくれ」

「はい」

早苗が出ていくと、菊乃は寝台に入った。

胸の中を炎で炙られるような思いがして、とても眠れるものではなかったが、このまま帰宅した通敬と五百子と顔を合わせたくなかった。まだとても心の準備が出来ていない。二人の前で取り乱した姿を見せるくらいなら、死んだ方がましだった。


花鋏を持つ手は少しも震えていない。茎に鋏を入れる位置も寸分の狂いもない。剣山に挿すと、平たい花生けの中央で藪椿が優美な姿で立ち上がった。

息を詰めて見守っていた早苗ときみ、それから年上の女中は、菊乃の鮮やかな手並みに溜息を漏らした。

「さあ、それではみなさんもお花を手に取って、活けてみましょう」

笑顔で女中たちに促したが、本当は心ここにあらずだった。頭の中には今朝受け取った手紙の文面が渦巻いている。差出人は久で、内容は通敬と五百子の密会の調査報告だった。五百子は一度婦人会に顔を出した後、早めに引き揚げて新橋へ向かい、通敬は帝国ホテルへ馬車で乗り付け、そこで人力車に乗り換えて新橋へ向かった。二人は待合いで落ち合い、帰りは別々に出てきた。五百子はそのまま帰宅し、通敬は帝国ホテルへ引き返した。

そこで二礼家の馬車に乗って……。

「良くできました。ただ、あしらいをもう少し控えめにした方が、椿が引き立つと思いますよ」

菊乃は女中たちの活けた花を批評しながら、手直しを加えていった。思いは通敬と五百子のことでいっぱいだというのに、いつもと同じ穏やかな声で、丁寧に花の活け方を教えているのが、まるで現実とは思われなかった。

その日、婦人会へ行くと外出した五百子が戻ってきたのは午後四時だった。

「お義姉さま、よろしゅうございますか？」

菊乃が部屋を訪ねると、五百子は火鉢の前にゆったりと座っていた。夕食の献立のお伺いに来たと思っているらしい。

「……なにか？」

ところが思い詰めた顔でじっと黙っているので、さすがに不審を覚えたらしく、五百子はわずかに眉をひそめた。

「お義姉さま、今日の婦人会のお集まりは如何でしたか？」

「そう……特に変わったこともなく、いつもの通りでしたよ」

菊乃は大きく息を吸い込んで、腹に力を込めて言い放った。

「お集まりの後で新橋に回るのは、今日を限りにおよしになってくださいませ」

五百子が小さく口を開け、目を見開いた。細い目がいつもの倍くらいに大きくなった。

「人目もございます。これ以上続ければ、世間の噂になりましょう。そうなったらすべてはお終いです。お義姉さまも、通敬さまも、二礼伯爵家も」

五百子の上半身が畳の上にくずおれた。久から事実を告げられたとき菊乃が被った以上の衝撃を受けているのは明らかだった。両手で顔を覆い、全身が小刻みに震えている。声も出せない様子だった。

「どうぞ、覚悟をお決めください」

菊乃は立ち上がり、じっくりと五百子を見下ろしてから部屋を出た。

午後五時半に通敬が帰ってきた。

着替えて二階から下りてくるのを待って、菊乃は告げた。

「お義姉さまは少しお具合が悪いそうで、臥せっておいでです。お夕食は召し上がらないとのことでございます」

「そうか。大事なければ良いが」

通敬の目にほんの少し訝しげな表情がよぎるのを、菊乃は見逃さなかった。最前まで一緒にいて、具合の悪い様子はなかったのを知っているので、不思議に思って当然だ。

その晩、信敬伯爵が亡くなって以来初めて、菊乃は通敬と二人きりで夕食の席に着いた。三月が間近いので、蛤（はまぐり）の潮汁や桜鯛の飯蒸しなど春らしい料理が並んだ。

「これは義姉君の好物なのに、召し上がれなくてお気の毒に」

鯛に箸を伸ばした通敬がぽつりと漏らした。

「来週は雛祭りでございますね」

菊乃も独り言のように言って潮汁の椀を手に取った。

それからどちらも黙って料理を口に運ぶだけで、会話はまったく弾まなかった。召使いが皿を替える音だけがわずかに聞こえる。まるでお通夜のようだと思いながら、菊乃は五百子のことを考えた。

今頃どうしているだろう？　羞恥に震えているのだろうか、罪の深さにおののいているのだろうか、それとも恐怖に打ちのめされているのだろうか？

それにしても分からない。どうして通敬も五百子も、これほど危険な振る舞いに及んだのか？　世間に知れたら家名は失墜し、当人は表を歩けないほどの汚辱にまみれてしまうのに。まして通敬は男だ。花柳界に足を向ければいくらでも名花が手に入る。どうしてわざわざ同じ家に暮らす兄の未亡人などに……。

結局その日、菊乃は通敬に何一つ言い出せなかった。チャンスがなかったわけではない。食事が終わって居間でくつろいでいるとき、あるいは夜更けて寝室に入ってからなら、二人きりの時間があった。しかし、言えなかった。恐れたからではない。通敬も五百子も、もはや菊乃にとっては恐るるにたらぬ相手だった。だが、一度口に出したら、何か大切なものを失ってしまうと分かっていた。それを惜しむ気持ちが、菊乃をためらわせていた。


翌朝、菊乃が予想した通り、五百子は朝食の席に現れなかった。

「義姉君はよほど加減がお悪いのだろうか？」

新聞をテーブルの脇に置いて通敬が誰にともなく言った。

「お見舞いをなさいますか？」

ナプキンを膝に広げながら菊乃は尋ねた。

「……そうだな」

視線を膝に落としたまま、菊乃は心の声を聞いた。

この人はあの女の口からすべてを知るのだ……。

「久世にお見舞いのお花を用意させます」

目を上げて、菊乃は何気ない口調で言った。

朝食後、菊乃はサンルームに入った。いつものように手紙類や書類を一抱えも持っていったが、形だけのことで、何一つ手につかなかった。ただ、この明るい部屋で通敬が来るのを待っていた。

十一時少し前に、通敬はサンルームに現れた。直前まで続いた愁嘆場を物語るように、ネクタイが歪み、ワイシャツには皺が出来、額に前髪が幾筋か垂れ掛かっていた。

通敬は大股に菊乃に近づいてきて、三歩ほど手前で立ち止まった。菊乃は椅子に腰掛けたまま、通敬の顔を見上げた。その目が怒りで燃えていることに、今更ながら驚かされた。どうしてこの人が私を怒れるの？　怒るのは私の方なのに。

胸の中には昨夜来溜め込んだ様々な台詞が渦巻いたが、口を切って出たのは冷たく儀礼的な台詞だった。

「御前さま、どうぞお掛けくださいませ。立ったまま済ませるお話でもございますまい」

通敬は十秒ほど菊乃を睨み付けていたが、結局は丸テーブルを挟んだ向かいの席に腰を下ろした。
二、三分してから、通敬はやっと口を開いた。
「どういうつもりだ？」

菊乃は一瞬意味を計りかねて首をかしげた。

「……義姉君のことだ」

「それは、私の方こそお伺いしたいことです」

菊乃は一瞬も目を逸らすまいと通敬の顔を凝視した。

「五百子さまをどうなさるおつもりですか？　私と離婚して五百子さまと再縁なさいますか？」

通敬は啞然とした顔になった。

「何を、馬鹿なことを」

「どこが馬鹿なのです？」

菊乃もいつの間にか形相が変わってきた。

「御前さまは五百子さまがお好きなのでしょう? 家柄も不足はありません。お年も釣り合っていらっしゃいます。それなら五百子さまと結婚なさるのが順当ではありませんか」

通敬は西洋人のようにひょいと両肩をすくめた。顔には軽蔑がありありと表れている。

「本当に君という女は……興醒めにもほどがある」

「興醒め？」

「ああ、そうだ。何もかも……その分かり易い美貌も、これ見よがしの財力と知識も、白と黒にはっきり分かれた、曖昧さのかけらもない考えも、すべてが興醒めで、退屈この上ない！」

菊乃は、頭から氷水を浴びせられたような衝撃を受けた。一瞬で全身が凍り付いた。

「曖昧なもの、朧げなもの、不分明なもの……そのすべてを理解せず、排除しようとする、明快で理性的で正義を盾にした君のやり方が我慢ならない！」

通敬はそこで言葉を切り、しばし沈黙して内心の興奮を静めた。

菊乃は沈黙が続く間、しばし茫然としていた。窓越しに庭を眺めているようで、その実景色は目に映らなかった。頭の中は吹雪が吹き荒れている。何も考えられない。

そのうち、雪の向こうにぼんやりと何かが見えてきた。それは徐々にはっきりとして、菊乃の前に姿を現した。

この人は私を嫌っている。この人は五百子を愛している。

明確に言葉にすると、鋭い刃となって心に突き刺さった。菊乃は自分の胸から噴き出す血を見たように思った。

「どうして五百子さまなのですか?」

まったく動揺を感じさせない口調で菊乃は尋ねた。

通敬は一瞬苦しげに目を逸らし、それから遠くを見る目つきになった。

「……私には高貴なものに憧れる気持ちがある。我が身を跪(ひざまず)かせたい思いがある。その思いを叶えてくれる女性が彼女だった」

「それは五百子さまが蒔田侯爵の令嬢だからですか?」

通敬は遠くを見たまま、わずかに唇を歪めた。苦笑というより冷笑だろうと菊乃は思った。

「それも含めてのことだ。生まれ、育ち、習慣、趣味嗜好(しこう)……私と彼女には共通するところが多い。同じ土壌に生まれ育った、同じ質(たち)の人間なのだ。君とあの狸のように」

菊乃は不意に、初夜の床で通敬が「君を見ていたら、猪を思い出した」と言ったことを思い出した。

なるほど、そうか。初めから人ではなかったんだ。

菊乃は声を立てて笑い出した。笑いながら心の中で罵(ののし)った。

本当に、あなたとあの女はそっくりだ。どちらも芯から腐っている。人の道を踏み外しても恬(てん)として恥じるところがない……！

通敬は気味悪そうに笑い続ける菊乃を眺めていたが、やがて耐えかねたように声を上げた。

「菊乃！」

菊乃はようやく哄笑(こうしょう)を収めたが、まだ小さなくすくす笑いを続けていた。そして、すぐにそれも引っ込めた。真っ直ぐ前を向いて座り直したときには、毅然としていた。

「お気持ちはよく分かりました」

落ち着いた声音で言い、立ち上がった。

「これから実家に行って参ります。夕刻までには戻りますので」

通敬は黙って頷いただけだった。その顔に懸念の色はまったくない。菊乃が実家に泣きついて離縁を言い出すことなどあり得ないと確信しているのだった。

その通り。私は離縁などしない。でも、このままあの人と五百子の好きにはさせない。

日本館への渡り廊下を歩きながら、菊乃は決意していた。

菊乃が訪れたとき、五百子は自分の部屋に端然と座っていた。きちんと着物を着て化粧も済ませ、昨日の取り乱しぶりとは別人のようだ。わずかに眼が赤いのは、つい一時間ほど前まで通敬の胸にすがって泣いていた名残だろう。今こうしてふてぶてしく落ち着き払っているのは、通敬から愛の言葉や誓いの言葉、更には諸々の約束を取り付けて、安心したからに他ならない。菊乃と向かい合っても、悪びれる風もない。気弱に目を伏せているのは煩わしさを回避するためで、後悔や反省からでないことがよく分かった。

「五百子さま。今日にでもご実家にお帰りくださいませ」

五百子は目を見開いて息を呑んだ。

「これからもご不自由のないように、お化粧料は生涯ご実家にお届けいたします」

「でも……」

五百子はその先を言おうとして口ごもり、再び目を伏せた。見る見るうちに涙の粒がまぶたに盛り上がってきた。それを見ると、菊乃は飛びかかって絞め殺したいという衝動に駆られたが、やっとの事で制御した。その代わり、冷たい声で尋ねた。

「どうしてこのようなことをなさったのです？　通敬さまにどのように求愛されようと、お立場を考えれば拒むべきだったはずです」

「あんたには、分からしません」

意外にも、はっきりした声が返ってきた。

「三位さんに命懸けで求められたら、拒み通すことなどできしません。おなごはそういうものです」

五百子の答えを聞いて、菊乃は皮肉な気持ちで「処置なし」と思った。通敬と五百子はこれから先も密会をやめる気はない。確かに菊乃に知られたことは二人の恋路の障害になった。しかし、恋というのは障害が大きいほど燃えるものだから、結局のところ、菊乃は障害の役すら果たしていない。

心の中で「勝手にするがよい」と吐き捨てて、菊乃は五百子の部屋を出た。

それから間もなく人力車で二礼家を出て、菊乃が向かった先は大堂家ではなかった。新橋の、伯父久が旦那に収まっている芸者置屋だった。


半月が過ぎ、三月も下旬となった。梅は花を残して桃は盛りだったが、桜はまだ蕾(つぼみ)で花には少し早かった。暖かい日が続いたかと思うと突然冬の名残の寒さが戻ってきたが、それでも徐々に季節は春の盛りに向かっていた。

あれほどの騒動があったというのに、二礼家では以前と変わらぬ日々が続いていた。

五百子は実家へ帰らなかった。本人に出ていく気がないので、菊乃としても無理強いは出来かねた。それをやれば騒動になる。

五百子の言い分は、いくら収入を保障されても突然実家へ戻るのは世間体が悪いということだった。しかしそれは建前で、本音は通敬と離れて暮らすのがいやなのだと、菊乃は見透かしていた。

三人はそれまで通り同じ食卓を囲んで食事をした。菊乃の目の前で、通敬と五百子は楽しげに四方山話に花を咲かせた。まるで斟酌（しんしゃく）していないかのように。菊乃はそれを眺めながら、ただひたすらに待っていた。吉報が届くのを。


それは四月一日にやって来た。最初は小さな波風として。そして翌日には大津波として。

「早苗、あとで『萬朝報』を買ってきておくれ」

言われて早苗は少し驚いた顔をした。暴露記事が売り物の「萬朝報」は良家の夫人が読むような新聞ではなかった。

「だからこっそり買ってきておくれ。私はサンルームにいるから」

そう言って微笑んだ菊乃は、早苗が知っている「お嬢さま」とは別人のように怖い目をしていた。

菊乃は受け取った「萬朝報」をむさぼり読んだ。この日の紙面に通敬と五百子の密通の事実が載ることを、昨日久が手紙で知らせてよこしたのだ。

記事は三面に予想以上に大々的に載っていた。さすがに名前だけは伏せられていたが、読む人が読めば「昨年家督を継いだばかりの洋行帰りの伯爵」「亡兄の未亡人にして名門侯爵家の令嬢」が誰を指すか一目瞭然だった。

「世人の模範たるべき華族が不義を重ねるは如何なる心得なりか」

「富貴の身分を以て畜生道に堕ちる権利はありや」

その他、扇情的な文章がこれでもかと満載されていた。

……これで良い。

菊乃は新聞を閉じ、きちんと畳んでテーブルの上に置いた。

その日、午前中に「研究会」の会合に出掛けた通敬は、予定より早く午後四時過ぎに帰宅した。その顔は青ざめて眉間に皺が寄り、憂愁が色濃く浮かんでいた。思いもよらぬ事態に遭遇し、狼狽しているのは明らかだった。

通敬自身は低俗な新聞は読まない。だからきっと研究会の仲間が「萬朝報」の記事をご注進に及んだのだと、菊乃は察していた。男もまた女と同様、噂話が好きなのだ。

「三位さん、どないしやはりました?」

夕食の席で、五百子が気遣わしげに声をかけた。

「いや、何でもありません。会合で気に掛かることがあったものですから」

通敬は心配をかけまいとしてか、無理に微笑んで答えたが、菊乃には内心の動揺と懸念が透けて見えた。

男の通敬でさえこれだけの衝撃を受けている。まして五百子はどれほど打ちのめされることか……。

二人の顔を等分に眺めながら、菊乃は心でほくそ笑んだ。

翌朝、起床して洗面を済ませ、着替えをしているときからすでに異変は始まっていた。着替えを手伝う早苗の様子が落ち着かない。

「どうしたの、早苗？」

「奥さま、表に何やら人だかりがしているようなのです」

早苗はいくぶん怯(おび)えたように、窓の外に目を遣った。

「何でしょうね。階下(した)に下りたら町田に聞いてみるわ」

食堂に入る前、菊乃は事務所にいる町田を呼びつけた。

「表が騒がしいようですが、何かありましたか？」

「それが、奥さま。どうも野次馬が詰めかけているようなのです」

「野次馬？　どうして？」

「それが、私どもにもしかとは……」

「人をやって事情を聞いておくれ」

あの記事を読んだ野次馬が押しかけているのだとすぐに分かった。記事の効果は菊乃の期待を上回っているようだ。

「今朝はどうしたのでしょう？　表の方が騒がしいようですけど」

日本館から渡り廊下を通って洋館の食堂に入った五百子は、野次馬のざわめきや怒号を耳にして、不安に駆られていた。

「今、町田に事情を調べさせております」

菊乃が答えると、通敬は一瞬苦々しげな表情を見せた。すでに事情を察している顔だった。

その日、通敬は外出の予定があったのだが、中止して家にいた。

朝食後、菊乃はサンルームで『源氏物語』を読んでいた。跡見学校時代に全巻読み通し、三月に入ってから再び読み返していたのだが、すでに宇治十帖まで進んでいた。

「表の野次馬は、まだ帰らないの？」

昼食を知らせに来た総子に尋ねたが、困ったように首を振った。

「本当に、いやになるわ」

「畏れ多いことでございます」

総子はいくぶん困惑の体で答えた。すでに事情を知っていると、菊乃は見当を付けた。先刻町田に事情を調べさせたし、表の職員の中には昨日の「萬朝報」を読んだ者もいるだろう。人の口に戸は立てられない。全員に情報が知れ渡るまで、ほんの少しの時間で足りたはずだ。

「お昼が済んだら、三位さんとお仕舞の稽古をしようと思いますの。何やら、今日は一人でいるのが心細うて……。菊乃さんもご一緒に如何かしら？」

昼食の席で、五百子はおっとりとした顔で言った。

「それはありがとうございます。拝見させていただきます」

菊乃は愛想良く答え、内心で再びほくそ笑んだ。

今、何が起こっているのか知らないのは、この屋敷の中で五百子だけだ……。

二礼家の能舞台は大堂家のように大がかりではなかったが、趣味良く粋を凝らして作られていた。

通敬が地謡で小鼓を打ち、五百子が舞った。菊乃は座敷に座って、二人の息の合った謡と舞の協演を鑑賞した。そうしていると、何故だか再読した源氏物語の内容が、頭の中で反芻（はんすう）された。

「まことに畏れ入ります」

途中で総子がやって来て、舞台脇に参上した。手紙を載せた盆を捧げ、緊張した面持ちだった。

「どうした、久世？」

通敬も五百子も稽古を中断し、舞台から総子を見下ろした。

「蒔田侯爵さまからお使者が参って、ご後室さまにお手紙をお持ちになりました。早急にご一読の上、お返事を賜りたいとのことでございます」

「お父さまから……何やろ？」

五百子は小首をかしげて舞台を降り、手紙を手にして封を切った。読み進むうちに表情が凍り付き、血の気が失せ、あっという間もなくその場に倒れた。

「義姉君！」

通敬が駆け寄って五百子を抱き起こした。五百子はぐったりしたまま身動きしない。通敬はその身体を抱いて立ち上がった。

「久世、御前さまと一緒に五百子さまをお部屋にお連れして、医者を呼んでおくれ」

「かしこまりました」

総子は通敬の後に従って足早に廊下を急いだ。

菊乃は落ちていた蒔田侯爵の手紙を拾い上げた。和紙に毛筆で書かれたその手紙は、予想通りの内容だった。「萬朝報」で五百子と通敬の醜聞を知り、家名を汚したと激怒して、二人に対する罵詈雑言が書き連ねてある。この上は即刻実家に戻り、髪を下ろして尼になれと命じていた。達筆だったが文章は乱れて読み取りにくく、激昂のあまり理性を失っているように思われた。

菊乃は手紙を封筒に戻し、懐に入れて立ち上がった。

名門華族の乱倫事件は、瞬く間に東京中の知るところとなった。「萬朝報」の記事は大評判となり、議員会館や社交クラブで回し読みされた。彼らが帰宅すれば、それは家庭の格好の話題となった。夫人同士の集まりでも、挨拶代わりに取り沙汰された。

庶民も記事に飛びついた。名門華族・美男美女・禁断の愛欲と材料が揃っている。これほど好奇心を刺激される事件も滅多にない。通敬と五百子の不倫は、日清戦争前に一世を風靡(ふうび)した「相馬事件」に匹敵するほどの一大スキャンダルに発展したのだった。

二礼家の周囲は毎日野次馬と新聞・雑誌の記者に取り巻かれ、外出もままならないほどだった。中には面白半分に石を投げる者さえいた。

四月半ば、何の前触れもなく、大堂勝太郎が二礼家を訪問した。怒りを抑えつけているためか、表情が硬く強張っていて、日頃の磊落さの片鱗(へんりん)もなかった。

「突然で申し訳ないが、娘と二人きりで話をさせていただきたい」

あわてて応対に出た通敬を睨み付け、太い声で申し入れた。それまで卑屈なほど二礼家と通敬に礼を尽くしてきた態度は、見事に一変していた。通敬は黙って一礼し、席を外した。

客間で菊乃と二人きりになるや、勝太郎は離婚話を切り出した。

「突然、何を仰るの、お父さま」

「何が突然なものか。こんな不祥事を引き起こしておいて……。儂は、恩を仇で返されたわ」

抑えつけていた怒りが噴出し、勝太郎の顔面は紅潮した。

「母さまも毎日おまえのことを心配して涙に暮れている」

佳乃は元々公家華族との結婚に乗り気ではなかったので、勝太郎はさぞや責められているだろうと、菊乃は父に同情した。

「親父殿も、一日も早く家に引き取るようにと、矢の催促だ。支度も何も要らぬ。このまま身一つで、儂と一緒に家に戻るのだ」

菊乃がクスリと微笑んだので、勝太郎は虚を衝かれた。

「お父さま、そんなことをしたら、これまでの投資がフイになりますわ。それは業腹じゃありませんの？」

「考えるとはらわたが煮えくりかえるが、致し方ない。儂の眼鏡違いだった」

きっぱりと言ってから、吐き捨てるような口調で後を続けた。

「もはや二礼家の家名は地に落ちた。これ以上縁を続けたところで大堂家には何の益もない。廃棄するのみだ」

だが、菊乃はゆっくりと首を振った。

「お父さま。腐っても鯛と申します。平安以来の二礼の家柄は、まだまだ捨てたものではありませんわ」

ふてぶてしいまでの落ち着きを見せる娘に、勝太郎は戸惑いを隠せなかった。

「人の噂も七十五日と申します。日清戦争の前、あれほど世間を騒がせた『相馬事件』も、今では人の口の端に上ることもございません。そして相馬家は今も安泰です。二礼家も同じことですわ」

目の前にいる菊乃は、勝太郎の知っている愛娘とは別人のようだった。いつの間にこれほどしたたかになったものか、想像もつかなかった。

「二礼家の由緒ある家柄、伯爵の身分、貴族院の議席……これはこの先も安泰です。今のところ、大堂家が得ようとしても手に入らないお宝ばかりです。持っていれば、いずれもっと大きなお宝を運んできてくれるでしょう。ここで短気を起こしてこれまでの投資を無駄にするより、時機を待ってこのお宝を上手く使った方が、ずっと上策ですわ」

結局のところ、勝太郎は気圧（けお）されるような思いで、菊乃に説得されてしまった。

「お母さまにもよろしくお伝えくださいませね。私は元気にしているからご心配なさらないように、と」

菊乃は晴れ晴れとした笑顔で、父の馬車を見送った。


そんな中、五百子は確実に衰弱していった。

食欲が衰え、夜もよく眠れない様子だった。昼間も臥せっていることが多く、部屋に閉じこもったきりで出ようとしない。そんな状態でありながら医者の診療は頑固に拒否していた。

「一度ちゃんと、お医者さまに診てもらいましょう」

菊乃は何度か勧めたが、五百子はまるで子供が駄々をこねるように、激しく拒み続けた。

「ええのよ。医者はいやや」

その日も、五百子はそう言って頭から布団を被ってしまった。

枕頭に座って五百子の布団を見下ろしているうちに、突然菊乃はとんでもないことに思い至った。

まさか……!?

菊乃はいきなり布団を引きはがした。五百子は驚愕し、呆気にとられて身動きも出来ずにいる。その寝間着の両襟に手をかけると、思い切り左右に押し広げた。

「な、何するのや……!」

五百子はあわてて襟をかき合わせたが、菊乃ははっきりと見てしまった。痩せているのに乳房が大きく張り、白い肌に似合わず乳首は褐色だった。

五百子は布団に突っ伏して身を震わせた。

「……なるほど。これではご実家へも帰れませんね」

菊乃は立ち上がり、部屋を出た。襖の向こうから、五百子のすすり泣く声が聞こえた。

「御前さま、よろしゅうございますか?」

書斎に入ると、通敬は書き物の最中だったが、ペンを置いて菊乃の方を向いた。「萬朝報」に不倫が暴露されて以来、世間の好奇の目に晒されて心労に悩まされているはずだが、五百子とは反対に憔悴して容色が衰えることもなく、むしろ憂愁の色が濃くなって男ぶりが上がったほどだ。女を不幸にする度に容色が優れていくようだと、菊乃は皮肉に思いながらも感心した。

通敬が目で用件を促した。菊乃は前置き抜きで言った。

「ご存じでいらっしゃいましたか、五百子さまが懐妊なさっていることを？」

「……なに!?」

通敬にとっても青天の霹靂だったようで、それきり言葉が続かない。ただ息を呑み、途方に暮れた顔で宙を睨んでいる。

菊乃はさすがに気の毒になり、いくらか優しい声で助け船を出した。

「このまま手をこまねいているわけには参りません。周囲に気取られないうちに……」

堕胎という言葉を口にするのは憚られた。それでも真意は充分すぎるほど伝わって、通敬は顔をしかめた。

「しかし、それは……」

「方法は二つしかございません」

聞かれる恐れはないのに、自然と声を落として先を続けた。

「堕ろすか、産むか……。もし生まれたら人知れず里子に出すことになりますが、その秘密が守られるかどうか心許ないと存じます」

通敬は腕組みをして考え込んだ。その顔が苦悩で歪んでいる。

五百子のためにそれほど思い悩むのが、今の菊乃には不思議だった。通敬にとって、もはや五百子は重荷でしかない。通敬だって、本当はそのことに気付いているはずなのに……。


散々に考えあぐねた末、通敬はやっと顔を上げた。

「分かった。今日にでも、私から義姉君に話してみる」

「お早い方がよろしゅうございます」

事務的に言って菊乃は書斎を出た。この愁嘆場にあの二人はどんな芝居をするのだろうと思うとおかしくて、廊下を歩きながら小さく笑いを漏らしていた。

だが、事態は菊乃の予想以上に急激に展開した。

それから二時間もしないうちに、屋敷中に女の悲鳴が響き渡った。居間で『源氏物語』を読んでいた菊乃は驚いてソファから立ち上がった。

「どうしたの？」

廊下に出ると、渡り廊下の方から総子が血相を変えて駆けてきた。

「お、奥さま……！」

菊乃の前に立った総子は完全に逆上していた。目が吊り上がり、口元がわなないている。

「久世、どうしました？」

「ご後室さまが、お部屋で……」

みなまで聞かずに、菊乃は日本館へ走った。

五百子の部屋の前の廊下に、きみが腰を抜かしてへたり込んでいた。襖が半開きになっている。

菊乃は襖の前に進み、思わず一歩後ずさった。部屋の奥の鴨居から、五百子がぶら下がっているのが見えた。

何人か、廊下を駆けてくる足音が聞こえた。先頭は通敬で、ためらいもなく部屋へ飛び込んだ。菊乃は突き飛ばされてよろめいた。

通敬は五百子の頭を紐から外し、畳に横たえた。そして、そのぐったりした身体を胸に抱きしめた。

「…………！」

声にならない声が菊乃の耳に届いた。ふと気が付いて横を見ると、家令の町田が立っている。菊乃は小声で命じた。

「町田、遠山先生を呼んでおくれ。五百子さまが……急病だと言って」

遠山は二礼家の侍医である。町田は一礼してその場を離れた。

遠山医師の計らいで、五百子の死は「心臓発作による急死」として処理された。葬儀はごく内輪で済ませた。遺骸は荼毘に付した後、四十九日が明けたら夫秀敬と同じ墓所に葬られることに決まった。

初七日の翌日の夜だった。

菊乃が寝室に入ると、先に寝台に横になっていた通敬が掛布をめくり、入るようにと目で促した。

菊乃は少しのためらいもなく寝台に上がり、通敬の隣りに身を横たえた。そして肩に手が回されたとき、はっきりと言った。

「あなたと五百子さまの記事を『萬朝報』に書かせたのは私でございます」

通敬は手を止め、何を言われたのか理解出来ないように目を瞬いた。

「小野寺の伯父と『萬朝報』の黒岩涙香は友人です。私が伯父に頼んで、記事を載せてもらいました」

通敬は息を呑み、わずかに身じろぎした。その全身が憤怒に染まるまで、ほとんど時間は掛からなかった。

「よくも……！」

通敬は菊乃を組み敷いて両手を首にかけた。しかし菊乃はいささかも動ぜず、真っ直ぐ通敬の目を見つめて言い放った。

「当然です。あなたは平民である私の出自を卑しみ、蔑んだ。にもかかわらず、ご自分は人倫にもとることを平気でやっていた。これを誅せんと欲するは天命と言うべきでしょう」

「おまえは、義姉君を殺したのだ」

「いいえ。五百子さまを殺したのはあなたです」

通敬は化け物を見るような目つきになった。首にかけた両手はいつの間にか離れていた。

「あなたが強引に求愛しなければ、五百子さまが身を任せることはありませんでした。どれほど心惹かれようと、あの方の立場を思いやり、あの方の名誉と幸せを守るつもりがおありなら、あなたは自制しなくてはなりませんでした。でも、そうはしなかった。欲望に負けて、口ではあれほど賞賛していた女性を、畜生道に落とし込んだのです。あなたこそ人殺しです」

菊乃は半身を起こし、通敬を上から見下ろした。

「あなたは今は身も世もなく悲しんでいます。興醒めな妻に慰めを求めるほどに。でも、ご安心なさいませ。来年の今頃にはすっかり忘れて、新しい女と楽しく過ごしておいでになりますわ」

酒に酔うように、菊乃は憎しみに酔っていた。

「だって、あなたが可愛いのは我が身だけですもの。他人がどうなろうが、本当はどうでもよろしいのです。だから、あなたは本心から人を恋することが出来ません。誰一人幸せにすることも出来ません。関わり合った女をすべて不幸にして、一人だけ幸せでいられるのが、あなたという人です」

菊乃はもう一度じっくりと通敬の顔を眺めた。その傷が深いか、浅いか、確かめるために。

「私があなたなら、私を殺して五百子さまの後を追って死にますわ。でも、あなたにはそんな勇気はありませんわね」

軽蔑も露わに言い捨てると、菊乃は自分の寝台に移った。

「ごきげんよう、お休みなさいませ」

最後に笑顔で挨拶して仰臥した。

この人はやはり光源氏だったのだ……。

目を閉じて、菊乃は心に思った。跡見学校時代に読んだ『源氏物語』と最近読み返した『源氏物語』は、まるで別の話だった。昔は光源氏の恋の遍歴を描いた物語だと思っていたが、今読めば愛を持たない男の破滅の物語としか思えない。愛は欲望と快楽も含むが、それだけではない。自己犠牲や自制や諦念も含んでいる。光源氏には欲望と快楽しかなかった。だから光源氏と関わり合った女はことごとく不幸になり、光源氏自身も年老いて新しい恋をする気力を失うと、孤独と不幸に見舞われた。

自嘲めいた気持ちで、菊乃は自らに問いかけた。

私も不幸になるかも知れない。愛を持たない男にこれほどまでに執心しているのだから。

でも……。

思わず奥歯を噛みしめた。

私は決して引き返さない。この先に、やるべきことが待っている。だから、私は前しか見ない。絶対に、振り返ったりはしない。


初夏に五百子の四十九日の法要が終わり、遺骨は二礼家の墓に夫の秀敬と共に葬られた。

さらに季節は移り変わって秋の盛りを迎えた。

菊乃の予測は正しかった。銀杏の葉が黄色く変わる頃には、もう世間は二礼家の醜聞を話題にしなくなった。それは過去の出来事になり、日清戦争や相馬事件がそうだったように、人々の記憶から消えて、記録の世界に場所を変えていったのである。

明治二十九（一八九六）年はこうして暮れていった。

「上野公園は大変な賑わいだったそうですね？」

「ええ、それはもう。仮装行列や山車も様々ありましたが、洋服商工業組合の行列が一番目立っていましたね。何しろ千人もの人数が軍服姿で練り歩いたのですもの。見物の人も次々飛び入りで踊り出したり……。夕方には不忍池で花火が上がったのが、こちらからも綺麗に見えましたよ」

佳乃は大堂家を訪れた菊乃に、興奮冷めやらぬ口調で昨日の体験を語った。

昨日、明治三十一（一八九八）年四月十日は、東京奠都三十年を祝う大祝賀会が東京市内各所で催されたのだ。

東京の新聞雑誌諸社が中心となって民間から発起されたものを、東京府知事岡部長職と東京商業会議所会長の渋沢栄一が賛同し、四月十日を祝祭日として天皇の行幸を出願した。天皇はこれを快諾し、祝賀の祭りは東京中を巻き込む大がかりなものとなった。大名行列、奥女中、そして舌切り雀などお伽噺を擬した仮装行列、軍艦を模した山車などが市中を練り歩き、見物人は立錐の余地もないほど混み合った。天皇は宮城内部の式場に姿を現し、東京市民を熱狂させた。東京に都を移したことが成功し、この三十年が東京市民にとって幸福なものであったと表明する一大行事であった。

「お祖父さまがお元気でいらしたら、きっとずいぶんお喜びになったでしょうね」

忠左右衛門の熱狂ぶりを想像して、菊乃の唇には思わず笑みが浮かぶ。佳乃も笑顔で頷いた。

「そうですね。きっと今頃は疲れ切って寝込んでおしまいでしたよ」

忠左右衛門は昨年の春に亡くなった。喜寿（七十七歳）の大往生で、年に不足はない。最期も、朝、女中が起こしに行ったら冷たくなっていて、まさに眠るがごとく、苦しんだ様子は微塵もなく、安らかな死に顔だった。思いのままに時代を駆け抜け、度胸と才覚を駆使して大成功を収めた、幸福な一生でもあった。

だから大堂家の人々は、永遠の別れに寂しさは感じたものの、悲しむことは戒めた。旅立ちに涙は禁物である。忠左右衛門の新しい船出を、感謝と共に見送った。

それに、お祖父さまの想い出は爽快で、胸のすくようなことばかりだった。だから思い出すと笑みが浮かぶんだわ。

「お成、お煎茶を淹れておくれ。それと、お茶請けにあられをね」

佳乃が坂崎成子に命じた。母と娘は紅茶とクッキーを楽しみつつおしゃべりに花を咲かせていたが、女同士の話はきりがない。甘いお菓子の次は辛いものが欲しくなる。

「奥さまは久しぶりにお嬢さまが里帰りなさって、ご気分はもとより食欲までお元気になられましたね」

成子は笑顔で軽口を言って台所に下がった。

「お母さま、近頃お具合が悪かったのですか?」

菊乃はつい点検するように佳乃を凝視した。

「いいえ、近頃ちょっと眠りが浅くなっただけ。お成は大袈裟なのですよ。この年になれば、誰でも一つや二つ、具合の悪いところが出てきます」

佳乃は安心させるように、大きく頷いた。

「私はあなたの産んだ孫の顔を見るまでは、死んでも死にきれません。必ず丈夫で見届けますよ」

胸に兆した臍(ほぞ)を噛むような思いを悟られまいと、菊乃は笑顔でごまかした。


昨年、通敬と妾の上城里詮子の間には赤ん坊が生まれていた。女の子で、すぐに人を介して里子に出した。実際の手続きを取ったのは菊乃だが、夫婦の間でそのことが話題になったことは一度もない。通敬は我が子に対する愛着は皆無で、里子に出すことに反対しないばかりか、養子先についてもまるで関心を示さず、行く末を案じる様子もまったくなかった。

やはりこの人は光源氏そっくりだ……。

菊乃はしみじみと感じたものだ。光源氏は女に対する愛がないのと同じく、我が子に対する愛もなかった。わずか十一歳の娘・明石の姫君を、いくら相手が将来の帝とはいえ平気で男に差し出すことが出来るのは、娘を政(まつりごと)の道具としか考えていないからだ。

そして、やはり昨年から伯父の久の仲介で、小ゑんという新橋の芸妓と深い仲になっている。これは久の入れ知恵を菊乃が受け入れた形だった。落籍(ひか)せて囲うとなると大事(おおごと)だが、旦那として世話する分には責任が軽い。飽きたら手切れ金を渡してきっぱり別れられる。そして新橋の芸妓は一級の玄人だから、決して旦那の家庭に波風を立てるようなことはしない。

「妾さんたちにはそれ相応のものを渡して、早めに暇を取らせるのが一番だぜ。また子供でも生まれたらことだ」

久は新橋で営む置屋の茶の間で、長火鉢を前に言ったものだ。

「芸者は小ゑん一人とは限らねえ。同じ新橋で二人は禁物だが、河岸を変えりゃ話は別だ。赤坂でも神楽坂でも、綺麗どころは大勢いらあ」

実際、通敬は茶屋通いが気に入っている風だった。京育ちの素人女と違った肌合いがもの珍しいのかも知れない。

「伯父さま、けしかけるようなことは仰らないでくださいな。芸者遊びはお金が掛かりますからね」

　久はにやりと皮肉に笑った。

「亭主の芸者遊びで身代の傾くような家じゃあるまい。今はお菊ちゃんがあの家の経済を握ってるんだからな」

　忠左右衛門が亡くなってから、久は大堂家とほとんど行き来がなくなった。その代わりのように、二礼家へ接近してきた。さすがに三日に上げず訪ねてきたりはしないが、十日に一度は顔を出し、週に一通は手紙が届く。菊乃も久が世情、特に花柳界や裏の世界に通じているので、便利重宝している面もあった。事業には、時として表に出せない業務も出来するのである。

「あちらこちらで遊び回って、跡継ぎが出来ないでは困ります。このまま私に子供が出来なければ、いずれ二礼家の親戚から養子を迎えて、家督を継がせることになりますわ。それじゃ、何のために頑張ったのか分かりません」

　流産以来、通敬とは一度も寝台を共にしていない。最初は何とも思わなかったが、今年菊乃は数えで二十四歳になる。初産にはすでに高齢だった。正直、焦り始めていた。

「旦那とはすっかりご無沙汰かい？」

　菊乃は素直に頷いた。久の前では虚勢を張る気がしない。久もまた極めて事務的な態度で、菊乃を揶揄したりはしなかった。

「まあ、しばらく様子を見るんだな。旦那だってからきし馬鹿じゃない。お菊ちゃんとの間に子を作らなきゃあ、折角太らせた身代を親戚にさらわれるんだ。考えるさ」

「でも、あの人は私を憎んでいます。五百子さまが自殺したのは私のせいだと言っています」

「それはそれ、これはこれさ。それに、あの旦那は……」

久は考え深げに視線を落とし、言い止して口をつぐんだ。

「それにしてもまあ、勿体ねえ話だ。これほどの別嬪(べっぴん)を前にして、膝を抱えて寝るたあな」

最後は冗談に紛らして、続きは言わずじまいだった。


「まあ、良く出来たこと」

菊乃は早苗の縫い上げた単衣(ひとえ)の着物を点検し、大いに褒めた。

「縫い目も、糸の始末も、本当に綺麗だわ。満点を差し上げます」

早苗は両頰に深いえくぼを作って、嬉しそうに笑った。

「ああ、嬉しい！　奥さま、ありがとうございました！」

「六月の鳥越祭に着て行くの？」

「はい。でも、その前に蔵前神社の縁日に」

その単衣は薄紫の地に白で麻の葉を染めた模様で、菊乃が早苗のために選んだ品だ。

菊乃は年に二回、女中たちにも反物を買い与えている。出入りの呉服屋が持ってきた反物の中から好きに選ばせるのだが、見立てに自信のない者は菊乃に頼んで選んでもらう。呉服屋の来る日は女中たちのお祭りで、みんな前日から興奮している。

「帯が要るわね。私が前に締めていた市松模様の帯、覚えている？」

「はい。確か柳の模様の単衣にお召しで……」

「あれを上げましょう。きっとその着物によく合いますよ」

「ほんとですかッ!?」

早苗はパッと顔を輝かせた。

そんな早苗を、菊乃はまぶしい思いで眺めてしまう。素直で虚心で明るくて開けっぴろげだ。かつて自分にも備わっていたそのような性質を、早苗は少しも損なわずに持っている。そんなことで胸に痛みを感じる今の自分を、菊乃は情けなく思っていた。

改めて早苗を眺めれば、もうすっかり娘盛りだ。丸い顔と丸い目と両頬のえくぼは変わらないが、全体にしっとりと艶が増した。茶道の稽古を続けているせいか、きびきびし過ぎて時にがさつに思えた挙措動作も、落ち着きが出てどことなく風情が加わった。

「早苗はもう、お茶もお花もお裁縫も充分に出来るようになりました。それにお料理もとても上手よ。そろそろ嫁入りのことを考えないといけないわね」

だが、早苗は顔を曇らせた。

「あたし、お嫁になんか行きたくありません。ずっとこのお屋敷で、奥さまのお側にお仕えしたいです」

「そんなわけにはいきませんよ。お嫁入り前の修業に、こちらに来てもらったんですから」

「だって……」

早苗は子供のように口を尖らせた。

「お嫁に行ったって、つまんないもの。亭主はワガママだし、姑は口うるさいし、子供の世話は面倒だし……。うちのおっ母さん、いつもあたしに愚痴ってるんです。それなのに、あたしを同じ身の上にしようなんて、おかしかありませんか？」

菊乃は思わず苦笑した。

「このお屋敷にいれば、ご飯は三食作っていただけるし、お茶やお花の稽古が出来るし、年二回も新しい着物をいただけるし、お正月の福引きで奥さまの前のお着物や簪を当てることだってあるし……。それに、おやつが美味しいです。うちじゃお茶請けはお煎餅とかりんとうばっかりなんですよ。そうそう、お休みの日は一日好き勝手に使えます。うちにいた頃は、何のかんのと用事を言いつけられて、丸一日お休みなんてなかったわ」

菊乃はふと、跡見学校で学んでいた頃を思い出した。早苗にとっての二礼家は、あの頃の跡見学校なのかも知れないと思った。

「でも早苗、いつまでもお嫁に行かないと、行き遅れになってしまうわよ」

「平気です」

早苗は元気よく言った。

「あたし、久世さんみたいになります。ずっとこのお屋敷で働いて、誰よりもお屋敷のことが出来るようになります。お仲間はいっぱいいるし、奥さまのお側にいられるんですもの、寂しくなんかありません」

菊乃は正直、嬉しくて胸がじんとした。しかし、早苗の幸せを考えるなら、若い娘の浅はかさに便乗するような真似をしてはいけないと自分に言い聞かせた。

「まあ、そういうことはまた、ゆっくり考えましょう。それに、もしかしたら早苗が相手に一目惚れして、押しかけ女房になることだってあるかも知れないわ」

「ありません、そんなこと」

早苗は胸を張って言い切った。

「里帰りすると幼馴染みによく芝居に誘われるんです。そりゃ楽しいけど、別に胸がときめいたりしないし、お屋敷で付け文されたときだって……」

早苗は「しまった！」という顔であわてて口を閉じた。どこの屋敷も同じだが、江戸以来の「不義はお家の御法度」というしきたりが残っていて、基本的に使用人同士の恋愛は禁止されているのだ。

現在二礼家には男性の職員が二十人いるが、そのうち五人は二十代で独身、容姿も悪くない。早苗に付け文したのはどの青年だろうと、菊乃は瞬時に彼らの顔を思い浮かべた。

「奥さま、後生ですからこのことはご内聞に……」

「分かっていますよ。安心なさい」

菊乃は早苗の身持ちについてはまったく心配していなかった。見るところ屋敷勤めが楽しくて、色恋にまで気が行かない。本人にその気がなければ、付け文されたところで火は点かないものだ。

「ああ、そろそろ御前さまがお帰りになる頃だわ。裁縫の道具を片付けておいておくれ」

菊乃は柱時計に目を遣って、ソファから腰を浮かせた。


五月の初めの午後のことだった。

菊乃と通敬は何枚かの書面を前にサンルームに座っていた。菊乃が内容を説明し、通敬に署名捺印を求める。その場面は月に何度か繰り返され、もはや恒例行事のようなものだった。

通敬は昨年の貴族院議員の互選選挙に当選し、再び議員に就任した。所用で家を空けることも多く、あちらこちらの花柳界で浮き名を流している。菊乃はそれについて非難がましいことを言ったことは一度もないが、そろそろ潮時だった。この二、三年のうちに跡継ぎを作らなくてはならない……。

初夏の陽差しは熱いほどだが、空気はからりと乾燥して、時折爽やかな風が吹き渡った。サンルームの窓は開け放たれ、新緑の匂いが部屋の中に満ちていた。

「御前さま……」

菊乃が話を切り出そうとしたときだった。

「ちょっと待ってて！」

遠くで早苗の声がした。昼から遣いに出したのがちょうど帰ってきたらしい。門の方から現れて、小走りに庭を横切り、塀際の楓の木の下で立ち止まった。そのまま風呂敷包みを地面に置くと、草履を脱ぎ、楓の木に付いてするすると登り始めた。

いったい何事かと、菊乃も通敬も呆気にとられて眺めていた。

枝の先に、季節外れの凧(たこ)が引っかかっている。早苗は凧を枝から外すと、再びするすると幹を伝い、地面に降り立った。そして門の方へ駆け出した……と思うと、引き返して置きっぱなしの風呂敷包みを抱え、再び走っていった。

菊乃は思わず笑いを漏らした。

近所の子供が凧揚げをして、屋敷内の木の枝に引っかけて困っているところへ早苗が通り掛かり、屋敷の人間だというので取ってくれるように頼まれたのだろう。普通なら門番に頼むところだが、早苗は自分で木に登って取ってやった……。

菊乃が正面に座り直すと、通敬はまだぼんやりと楓の木の方を眺めている。呆れているのか感心しているのか、その顔からは判断出来ない。

菊乃はつい取りなすような口ぶりになった。

「あの子も年頃ですから、嫁入り先も考えてやらねばならないのですが、まだおてんばは健在のようですわ」

「元気が良くて結構なことだ」

通敬は特に皮肉も交えずに答え、書面に目を戻した。

三十分ほどして、早苗がサンルームに入ってきた。紅茶とクッキーを載せた盆を捧げ持っている。一礼して、楚々とした動作で茶器と菓子の皿をテーブルに置いた。

「茶の湯と生け花の稽古は進んでいるかね？」

唐突に通敬が尋ねた。

「は、畏れ入ります」

通敬が用事以外で女中に声をかけることはほとんど無い。早苗はいつになく、しゃっちょこばって答えた。

「木登りとどっちが上手い？」

「ご覧になってたんですか？」

丸い目が驚きで一層丸くなった。

「すみません。行儀見習いでご奉公してるのに、ちっとも行儀が良くなりませんで」

早苗は屈託のない笑顔で言い、ペコリと頭を下げた。

通敬はわずかに顔を背け、笑いを嚙み殺した。

「早苗、ああいうときは門番に頼みなさい。落ちたら怪我をするわ」

菊乃もまた微笑みながら、やんわりと釘を刺した。


この年の六月二十二日、自由党と進歩党が合体して憲政党が結党され、板垣退助が党総理に就任した。二十五日には第三次伊藤内閣は総辞職、そして三十日には大隈重信を総理とする内閣が組閣された。

明治政府は発足以来、薩長派閥を中心に元老による政治を行ってきたが、当初から反発があり、議院内閣と政党政治を求める自由民権運動へと発展した。過去三十年近くにわたり、二つの勢力は対立を繰り返してきたが、大隈内閣は陸軍大臣以外の閣僚を議員が務める日本初の政党内閣であり、民権派の初勝利となった。

当然ながら、枢密院や貴族院はこの内閣を冷ややかに見ていた。根強い反感を抱く者も少なくなかった。貴族院は「政党に与（くみ）せず、公平不偏な態度で政府と衆議院の間に立ち、天皇に忠誠を尽くし、国利民福を進める」ことを是とし、権限は衆議院より大きかった。

にもかかわらず、政治の主役は衆議院であり、世間の注目も衆議院に集中していた。そのような経緯もあって、衆議院議員による政党内閣には批判的な者が多かった。

通敬が所属する研究会においても同様で、寄ると触ると現内閣に対する批判、有り体に言えば悪口や陰口が噴出した。

そんな中、七月の初めに二礼家で研究会の議員夫妻を招き、盛大な園遊会を催すことになった。名目は「貴族院開設八周年祝賀会」であったが、内実は憂さ晴らしだった。

菊乃は使用人たちを指揮して準備に大わらわだった。庭に舞台を作り、テントにテーブルと椅子を並べ、模擬店には料理屋から取り寄せた和洋の料理各種を並べる。さらに芸人たちを呼んで奇術、曲芸、歌や踊りなどを披露させる趣向だった。客の接待には新橋の芸妓と半玉を呼んで当たらせる。

大堂家で恒例の桜の園遊会の経験が役に立って、事前の準備や人の手配にも戸惑うことはない。夏の園遊会なので、アイスクリームやシャーベットなどの冷菓をたっぷり用意した。

当日は賄いにも客に出すのと同じ料理が供されると知って、早苗は歓声を上げた。

「あたし、一度でいいからアイスクリームをお腹いっぱい食べてみたかったんです！」

「冷えてお腹を壊しますよ」

菊乃は笑ったが、早苗や女中たちの高揚した気分が伝染して、明日の園遊会が待ち遠しくなった。

当日は盛会だった。二礼家の車寄せには次々と馬車や人力車が止まり、貴族院議員夫妻が訪れた。

菊乃と通敬は玄関ポーチに並んで立ち、にこやかに訪れる客たちを出迎えた。菊乃は水色の地に流水と金魚、そして水草が描かれた紗の訪問着姿で、いかにも涼しげだった。通敬は夏物のモーニングコートにグレーのトップハットを合わせている。二人の姿は絵に描いたように優雅で美しく、どこから見てもお似合いの夫妻に見えた。

出迎えが終わると二人はそれぞれ庭に出て、来客の間を挨拶して回った。

模擬店はいくつも出ていて、キャビアやスモークサーモンなど冷製料理を並べた店もあれば、鮨(すし)や天ぷらのようにその場で調理して客に出す店もあった。その周囲は客と給仕の芸妓で賑わっている。

通敬が鮨の模擬店の前を通り過ぎようとしたときだった。中にいた若い職人がいきなり柳刃を摑み、表に飛び出した。

どよめきが起こり、菊乃は足を止めて振り向いた。若い男が柳刃包丁を腰だめに構え、突進する姿が目に入った。男の走る先には通敬がいた。呆気にとられて棒立ちになっている。すでに二人の距離は二メートルほどしかない。避けるには遅すぎた。

菊乃は声にならぬ悲鳴を上げた。誰もが息を呑んだ。

と、そのとき、ビール瓶が飛んできた。男が通敬にぶち当たる直前、ビール瓶は見事額を直撃した。ゴンッと鈍い音がして、男は膝から崩れ、前のめりに倒れた。そこへ二礼家の家僕たちが駆けつけて、男を取り押さえた。

菊乃は通敬に走り寄った。

「御前さま！」

通敬はその場に立ったまま、斜め前方を見つめていた。視線の先は飲み物の屋台で、瓶入りのビールやジュースが置いてある。その前に、強張った顔で早苗が立っていた。

「早苗……」

菊乃は早苗に近づいた。

「おまえが、助けてくれたのね？」

早苗はこくりと頷いた。血の気が失せてまっ青になっている。

「ありがとう、早苗。おまえは御前さまの命の恩人です」

「あたし、夢中で……」

その頬は小刻みに震えていた。

「ああ、早苗……」

菊乃は思わず早苗を抱きしめた。あとから恐怖がやって来たのだろう。菊乃の腕の中で、早苗の身体はガタガタと震え続けた。

　後に警察の取り調べで判明したが、通敬に襲いかかった男は鮨屋の職人で、芸妓の情人だった。その芸妓が最近通敬と深間になり、あっさり袖にされたのを恨んで凶行に及んだのだった。


「ねえ、早苗。何か欲しいものはない？　遠慮しないで何でも言って頂戴。あなたの機転がなかったら、御前さまのお命はなかったかも知れないのよ。いくら感謝しても足りないわ」

　事件後、菊乃と通敬が早苗の勇気と献身に深く感謝したことは言うまでもない。親元には礼状と謝礼を贈った。そして本人にも褒美を与えようとしたのだが、早苗は困ったような顔で辞退した。

「いいえ、あたし、本当に何も要りません。うちの方に大層なご褒美をいただいたって、お父っつぁんもおっ母さんも畏れ入っておりました」

「それはそれ、これはこれです。御前さまのご意向でもあるのよ」

「いえ、もう、本当に……」

　押し問答が続いたが、結局は埒があかない。

「どういたしましょう？」

そのやりとりを報告して意見を聞くと、通敬はさしたる関心も示さずに答えた。

「君が何か適当な品を選んで、早苗に贈るしかないだろう」

「左様でございますね」

さすがに命の恩人を「狸」とは呼ばなかった。その顔を見て菊乃は、少しやつれているのが気になった。

「御前さま、近頃お身体の具合がよろしくないのですか？」

通敬は少し考えてから胃の辺りに手を置いた。

「……少し胃の具合が悪いようだ」

遊興が過ぎるからでしょうという言葉を、菊乃は口に出す寸前で呑み込んだ。怪我の功名とでも言うのか、襲撃事件の後、夫婦の関係はいくらか和やかになった。それを少しでも保っていたかった。

「どうぞ、ご自愛くださいませ」

通敬も反省したらしく、芸者遊びは自重するようになった。貴族院の活動も停滞気味なのか、研究会の会合で外出する日も減り、家を空けることが少なくなった。

家で夕食を食べる様子を見ていると、痩せたのも道理で、通敬は食欲がめっきり落ちていた。宴会料理が続いて胃を悪くしたらしい。菊乃は毎食消化の良い献立を心掛け、通敬も酒を控えた。

その甲斐あって、半月ほどすると、いくらか食欲が回復してきた。

九月半ばのある日、通敬は突然、茶席を設けて菊乃と早苗を招きたいと言った。

通敬は多趣味な男で、終日家に一人でいても退屈したりはしない。それでもたまには他人と趣味を共有したくなるらしい。

「それはありがとう存じます。早苗も喜びます」

ほんの気まぐれと分かっていても、菊乃は嬉しかった。これまでの通敬なら、女中である早苗を茶席に相伴させようなどと、夢にも思わなかっただろう。命を助けられて、その心にわずかな変化が起こったようだ。

しかし、招待の件を伝えると早苗は怖じ気づいてしまった。

「畏れ多いことでございます。あたし、御前さまのお茶席に出られるような身の上じゃありませんから」

「何を言ってるの。もう二年半もお茶のお稽古をしているんですよ。どんなお席に出ても大丈夫です」

それに……と菊乃は付け加えた。

「これは御前さまの感謝の気持ちの表れです。滅多にあることではないから、お受けなさいな」

「……はい」

早苗は叱られた子供のように頷いた。

茶会の当日、早苗は自分で縫った麻の葉模様の単衣を着て、菊乃の贈った博多献上の帯を締めていた。若々しくて華美なところが少しもなく、とてもよく似合っていた。

しかしお手前が始まると、早苗は緊張のあまりコチコチになって、菊乃と稽古しているときとはまるで違っていた。茶碗の扱いも袱紗(ふくさ)捌(さば)きも、すべての所作がぎごちなく、あまり見よい様ではなかった。

菊乃はハラハラしながら見守っていたが、ふと気が付くと通敬は少しもいやな顔をしていなかった。不出来な所作を嘲笑って楽しんでいるわけでもない。娘が不慣れな茶席で懸命に務める姿を見守る父親のような、親身で優しい眼差しだった。

この人も少し変わったのだろうか……。

菊乃は通敬のお手前を眺めながら、不思議な思いにとらわれていた。

折角成立した日本初の政党内閣は、旧進歩党と旧自由党の内紛が絶えず、四ヶ月あまりで解散してしまった。十月三十一日、大隈内閣は総辞職したのである。

貴族院は快哉を叫んだ。解散の前後は研究会の活動も非常に活発で、通敬も再び多忙を極めるようになった。

そんなある日のことだった。

午後、菊乃が事務所で打ち合わせを済ませて部屋に戻ってくると、遠慮がちにドアをノックする者がいる。

「お入り」

早苗だった。いつになく思い詰めた顔をしていた。

「急に申し訳ありません。今日限りでお暇をいただきたいんです」

「なんですって？」

「急に縁談が決まって……すみません」

あまりにも唐突で、菊乃は面食らった。早苗の実家からそんな話は聞いていない。

「ちょっと待って。いったい、どういうことなの？」

だが早苗は「縁談が決まったので暇を取りたい」の一点張りで、それ以上は何を尋ねても頑なに口を閉ざした。

「分かりました。とにかく、今日はゆっくり休んで頭を冷やしなさい。明日、もう一度話を聞きましょう」

菊乃も最後は匙を投げた。朋輩と喧嘩をしたか、誤解を受けたかで、居たたまれない気持ちになっているのだろうと思った。明日になって、気持ちが落ち着いてから詳しい事情を聞くつもりだった。

その日は予定よりずっと早く通敬が帰宅した。

「お帰りは夜だと仰っていたのに……」

誰に言うともなくつぶやいて、菊乃は玄関ホールに向かった。

馬車から降りた通敬は、よろめくような足取りで玄関までやって来た。血の気がなく、額に脂汗が浮いていた。

「御前さま！」

ただならぬ気配に、菊乃と家令の町田が走り寄った。しかし、二人が支える前に、通敬は苦悶に顔を歪め、血を吐いて倒れた。

それからは屋敷を挙げての大騒動が続いた。

その日は侍医の遠山医師が呼ばれ、応急処置が行われた。翌日には遠山医師の進言で、東京帝国大学医科大学附属病院に搬送され、急遽(きゅうきょ)入院が決まった。

菊乃はずっと病室に付き添っていた。入院してから通敬の容態は落ち着いていたが、ただ事とは思われなかった。

数日後、精密検査の結果が告げられた。胃癌(いがん)だった。すでにかなり進行していて、手術をしても回復は望めない。残酷な事実を担当の医師は淡々と述べた。

菊乃は打ちのめされて声も出なかった。

医師が出ていき、病室に通敬と二人だけが残された。不意に涙が溢れた。何が悲しいのかもよく分からなかったが。

「まだ、早い」

それを見て、通敬が憮然として言った。

「……縁起でもない」

菊乃はやっと言い返した。通敬を見ると、衝撃を受けた様子は感じられなかった。

「もしや、以前からご病気をご存じでいらしたのですか？」

「まさか。私は千里眼ではないよ」

わずかに苦笑を浮かべ、皮肉に言った。

「だが、予感はあった。どうせ長生きは出来まいと。……業の深い身だ」

無責任なことを言わないでください！

心の中で菊乃は叫んだ。通敬の身体は通敬一人のものではない。二礼家という由緒ある家を背負っているのだ。その家督を次代に継承する責任があるのだ。だからここまで耐え難きを耐え、踏みとどまってきたのに……。

言葉にならない叫びの代わりに、また涙が溢れ出した。止めどなく流れていく。菊乃はその涙に溺（おぼ）れて泣き続けた。

「どうせ手術が出来ないなら、一日も早く退院したい。寝ているだけなら病院でも家でも同じだろう」

菊乃の涙が収まった頃、どこか呑気（のんき）にさえ聞こえる口調で、通敬は言った。

一週間後、通敬は退院した。自宅療養に切り換えたのである。

病気の主人を迎えて、家の中は慌ただしかった。

その騒ぎが一段落したとき、久世総子が菊乃の前に進み出て、言いにくそうに報告した。

「畏れながら、奥さまがお屋敷を留守にしていらっしゃる間に、竹本早苗が暇を取って出ていきました」

総子に言われてやっと、菊乃は通敬が血を吐いて倒れた日の午後、早苗が暇を願い出たことを思い出した。通敬のことで頭がいっぱいで、忘れていたのだ。

「……そう。いずれ実家の方から何か言ってくるでしょう」

二礼家が通敬の入院騒ぎで取り込んでいるので、挨拶に来るのを遠慮しているのだろうと思った。

「私も折を見て手紙を書きます」

菊乃はそう答えたが、失念してしまった。


通敬の病状は回復は望めないものの、急激に悪化することもなしに、小康状態が続いていた。寝たきりではなく、起きて読書したり書画骨董を眺めたりして日を送った。

菊乃は通敬の命を延ばすために、出来る限りの手段を講じた。食事療法はもとより、鍼(しん)

灸の名医を頼んで痛みその他、症状の緩和を図った。家に籠もりきりでは気が塞ぐので、気晴らしのために月に何度か能役者や演奏家を呼び、能舞台や演奏会を催した。脇息にもたれてではあったが、通敬は舞台や演奏を楽しんだ。

だが、いつの間にか、通敬が死病に取り憑かれていることは外部に漏れていた。親戚から盛んに手紙や使者が来るようになった。正式な跡継ぎのないまま通敬が死亡した場合、二礼家の家督がどうなるか、関心はそこに集中していた。

とりあえず菊乃が女戸主になるが、華族令第三条によって、女子は爵位を継ぐことは出来ない。将来親戚同族の同意を得て、しかるべき男子を相続人に定めなくてはならなかった。その相続人は親戚同族中の男子から選ばれ、菊乃と養子縁組をすることになる。

父の大堂勝太郎からも何度も遣いが来た。勝太郎にも相続人について思惑があるので、前もって菊乃を牽制しようというのだ。

菊乃は出来る限り父や親戚の干渉を寄せ付けまいとした。通敬が生きているというのに、死んでからの相談などしたくなかった。ただひたすら、通敬の命が続くように心を尽くした。

あっという間に年は暮れ、明治三十二（一八九九）年が明けた。一月の半ばのある日、菊乃は宝生流の能役者たちを屋敷に招いていた。能楽好きの通敬のため、月に三度は舞台を務めさせている。舞台が始まり、佳境に差し掛かった頃、総子が菊乃のそばに膝行して、伯父の久が訪ねてきたと耳打ちした。

菊乃はそっと部屋を抜け出し、洋館の客間で久と会った。

「伯父さま、すっかりご無沙汰いたしております」

「すまねえな、突然」

久は型通りの見舞いの口上を述べると、言いにくそうに切り出した。

「実は……早苗坊のことなんだが」

菊乃はまたしても忘れていたことを思い出した。

「そうだわ、早苗……。縁談が決まったって聞きましたけど」

「今、葛飾の親戚のとこにいるんだ」

「葛飾にお嫁に行ったの？」

久は首を振り、眉間に皺を寄せた。

「そうじゃない。身籠もってるんだよ。もうすぐ五月だそうだ」

あまりにも思いがけないことで、菊乃は一瞬理解しかねた。

「……どうして？」

「さあな。本人が口をつぐんで何も言わねえんで、事情はさっぱりだ。両親もほとほと手を焼いてるんだが、どう考えてもこの家に奉公している間のことだろう」

菊乃は二礼家に仕える独身の職員の顔を思い浮かべた。

「この家の誰かと間違いを犯したというのですね？」

「他には考えられねえ」

久は懐手に腕を組み、大きく溜息を吐いた。

「……それなら、このままにはしておけません。私の監督不行届きです。早苗と相手の男からきちんと話を聞いて、出来れば一緒にさせてやりたい」

久はほっとした顔になった。

「引き受けてくれるかい？　お菊ちゃんなら早苗坊も素直に相手の名前を言うんじゃないかと思うんだ」

そして、申し訳なさそうに付け加えた。

「今、旦那が大変なときに申し訳ないが、助かるぜ。俺も向こうの両親に泣きつかれて、非人情な真似も出来なくてな」

その夜、寝室に引き揚げてから、菊乃は翌日外出すると通敬に告げた。詳しい事情は省き、実家の用事とだけ説明した。

早苗が預けられている家は近隣でもひときわ大きな農家で、江戸時代は名主を務めた家だった。

久しぶりに見る早苗は木綿の着物を着て半幅帯を締めていた。普通の農家の女と同じ格好だが、どことなく垢抜けている。元気そうで、まだ腹は目立たなかった。

「奥さま。まことに、面目次第もございません」

早苗はまず菊乃の前で手をついた。菊乃はその手を取って優しく言った。

「早苗、叱りに来たんじゃないのよ。これからのことを相談するために来たんです」

菊乃は諄々と、悪いようにはしないから相手の男の名前を含め、すべてを話すように説いた。

「晴れて夫婦になって、親子三人で暮らすのが一番でしょう」

二礼家の独身の職員の名前を挙げて尋ねたが、早苗はきっぱりと否定した。その態度を見て、菊乃はハッと思い至った。

「……もしかして、結婚している人なの？」

早苗がわずかに身じろぎした。菊乃は自分の当て推量が正しかったことに愕然とした。

「誰なの？　小中？　村井？　まさか町田じゃないわね？」

高齢の家令の名を出して、思わず菊乃は苦笑した。すると、不意にその名が口をついて出た。

「……父親は、御前さまなの？」

早苗の顔が強張り、血の気が引いた。それを見て、菊乃も全身から血が引いていくのを感じた。

二人の女は凍り付いたような表情のまま、しばらく黙って互いの顔を眺めていた。

「まことに、申し訳ありません」

早苗が蚊の鳴くような声でつぶやき、両手をついて平伏した。その姿を目の当たりにしても、菊乃はそれが現実の出来事とは信じられなかった。

「でも、どうぞ御前さまを責めないでください。あたしが悪いんです」

そう言って早苗は顔を上げた。

「……何故？」

「お気の毒で」

早苗はそこで口を閉じ、次の言葉を探すように沈黙した。再び口を開いたときは、迷いがなかった。

「お屋敷で、御前さまはひとりぼっちでした。奉公人はみんな、久世さんも町田さんも、きみちゃんたちも、奥さまの顔色だけを見ていました。御前さまは気付かないふりをなさってたけど、あたし、可哀想だと思いました。可哀想だは惚れたってことなんですね」

早苗は菊乃を見てほんのりと微笑んだ。

「もちろん、奥さまの言いたいことはよく分かります。御前さまは奥さまに家のことを任せて遊び歩いておいででした。好き勝手なことばかりなさっていました。それで可哀想なんて言ったら、バチが当たります。でも、あたし、御前さまは寂しいんだろうと思いました。本当は寂しいって、誰にも分かってもらえなくて」

菊乃はただ茫然と座り込んでいた。言いたいことはあるのだが、あまりにも混乱していて言葉にならない。ただ早苗の声を聞いていた。それまで聞いたことがないほど、しっかりとして落ち着き払った声音だった。

「奥さま、あたし、このことは絶対に誰にも言いません。子供はあたしが一人で育てます。奥さまにも御前さまにも、一生お目にかかりません。お屋敷でみっちりお針を仕込んでいただきましたから、仕立物で食べていきます。だから、どうぞご心配なさらないでください」

早苗は優しい、いたわりに満ちた眼差しを菊乃に注いだ。

「奥さま、御前さまはほんとは奥さまが好きなんです。ボタンを掛け違ってこんぐらがっちまっただけで、ほんとは好きなんです。どうか、御前さまのお気持ちを分かってあげてください」

菊乃はろくにものも言えないまま、その百姓家をあとにした。


帰宅したのは夜になってからで、通敬はすでに休んでいた。

菊乃は食事も断り、寝室に入った。

通敬は寝台に仰臥していたが、枕元のスタンドは点いたままで、眠ってはいなかった。

菊乃は寝台の脇に置いた椅子に腰を下ろした。その椅子は通敬が自宅療養を始めてから、付き添うときのために置いてあった。

「ごきげんよう」

通敬は悄然と座っている菊乃に声をかけた。

「御前さま……。今日、早苗に会って参りました」

通敬が一瞬呼吸を止め、菊乃を凝視した。

「お腹に子供がいます。早五ヶ月になろうかというところです」

通敬が菊乃の言葉を頭の中で何度も反芻しているのが分かった。その目が、わずかに潤んでいた。

「早苗は、元気だったか？」

「はい」

菊乃は激しそうになる気持ちを必死で抑えた。しかし、胸の中では恨みの炎が噴き上げていた。

「何故、そんなことをなさったのです？」

問い掛ける声がかすかに震えた。

「早苗は君に似ている」

通敬は菊乃の方に顔を向けた。

「気持ちが真っ直ぐで、嘘偽りがなく、裏表がない」

あなたはそれが興醒めで退屈だと仰ったじゃありませんか……なじる言葉が喉元まで出かかった。

「君との違いは一つだけだ。早苗は背負うものがない。だから、その分虚心に物事を見る。ありのままの姿を。……早苗は一目で見抜いていた。私が哀れな負け犬だと」

通敬の口調が自嘲に染まっていることに、菊乃は驚かされた。

「あの娘は私を哀れんで、情けをかけてくれたのだ。罪は私にある。だから早苗を憎まないで欲しい」

通敬はひたと菊乃の顔を見つめていた。すがるような眼差しであり、必死の面持ちだった。そんな通敬を見たのは初めてで、菊乃は打ちのめされるような思いがした。

「菊乃、早苗から生まれてくる子を、私たち夫婦の籍に入れたい。そしてその子に二礼家を継がせたい。私の願いを聞いてもらえないだろうか？」

菊乃は理解に苦しんだ。通敬は妾に産ませた子供にまったくと言っていいほど関心を払わなかった。そして平民である菊乃の出自を軽蔑していた。それが早苗との間の子供に二礼伯爵家の家督を譲りたいというのだ。

「今生の願いだ。早苗から生まれてくる子は、きっと君の産む子に似ているはずだ。それなら、この家を背負って立っていける」

「急に、どうなさいました？」

通敬はもう一度微笑んだ。自嘲の色がさらに濃くなった。

「すまない。私のような男と夫婦（めおと）にならなければ、いくらでも幸せになれたものを」

「それはお互いさまですわ。お金さえあれば、あなたも私と夫婦にならずに済んだでしょうに」

菊乃も自嘲めいた笑みを漏らしたが、通敬ははっきりと首を振った。

「若くて美しくて聡明な女を妻にして、不満に思う男はいない。私はただ……素直になれなかった。あまりにも明暗がはっきりし過ぎていて、やりきれなかった」

メトロポールホテルで初めて菊乃と会ったとき、その美しさに目を見張る思いがした。堂々として自信に満ち、生命力に溢れ、いささかの迷いもなく真っ直ぐに前を見つめる姿は、通敬が知っている女たちとはまったく違っていた。ともすれば気圧されそうになる自分に気が付いて愕然とした。それで頑なになり、虚心に、心のままに菊乃と向き合うことが出来なくなった。

愛情もいたわりも詫びも後悔の念も、すべてを言葉にも態度にも表せぬまま、今日までの月日を過ごしてしまった……。

通敬は何かを閉め出すように目を閉じた。

「私は滅びゆく種族で……私も、父も、義姉君もそうだった。そして、君は栄えゆく種族だった。おそらく、大堂家の人々も同じだろう。それを受け入れるのが耐え難かった」

通敬は目を開け、もう一度菊乃を見つめた。

「もう、残された時間は長くない。最後まで自分の心を偽って死ぬのは不誠実だ。君は、私には過ぎた伴侶だと思っている」

通敬が布団から手を出して、菊乃の方へ伸ばした。菊乃はその手を取って、両手でしっかりと握りしめた。

「この家と、子供の行く末を頼む」

御前さまはほんとは奥さまが好きなんです。ボタンを掛け違ってこんぐらがっちまっただけで、ほんとは好きなんです……。

早苗の澄んだ声が、菊乃の耳に蘇った。

回り道をしてしまったが、最後で間に合ったのかも知れない……菊乃の心に温かな思いが満ちてきた。

「御前さま、どうぞお心安らかに。必ずお望みの通りにいたします」

菊乃は通敬の手にそっと頰を押し当てた。

「だから、しっかりしてくださいませ。少しでも長く生きてくださいませ。子供の成長とこの家の行く末を、ご自身の目で見守ってくださいませ」

菊乃は初めて、通敬と本当に夫婦になった気がした。

「早紀子さん、支度はよろしくて？」

早紀子が鏡の前で耳隠しに結った髪のウェーブを点検しているとき、菊乃が入ってきた。

「あら、よくお似合いだこと」

鏡に菊乃の微笑む顔が映る。今日の着物は薄紫色の地に白で藤の花を染めた訪問着。綸子の光沢が艶やかな庇髪と相まって、身体全体を光が取り巻いていると見まごう美しさだ。いつもながら早紀子はうっとりして溜息が漏れそうになる。

「おかしくないかしら？」

早紀子は菊乃の方を振り向き、両手を広げてクルリとしてみせた。

「大変結構ですよ。とてもお綺麗だわ」

菊乃は笑顔のまま、大きく頷いた。子供の頃はそうやって菊乃が自信たっぷりに請け合うと、早紀子はまるで催眠術に掛かったように、自分は美しいと思い込むことが出来た。今はすっかり術は解けてしまったが……。

「でも、残念だわ。私、生まれるのがちょっと遅すぎたみたい。昔のドレスの方がずっと素敵なんですもの」

早紀子はアール・ヌーヴォー様式のドレスをまとった菊乃の写真を思い出した。ウエストを細く絞ったS字ラインのシルエットと豪華な装飾の施されたデコルテは、この上もなく洗練されていて、着る人を優雅に美しく見せてくれる。それに引き替え、戦後流行り始めたアール・デコのドレスは、直線的なラインで身体の線を隠し、過剰な装飾を排除してしまった。二つ並べると明らかに分が悪い。少なくとも、女性的な魅力の面では。

「そうね。確かに昔のドレスとはずいぶん違ってしまったわ。でも、今のドレスもお母さまは好きよ。コルセットをしなくて済むなんて、それだけでも僥倖(ぎょうこう)じゃなくて？」

菊乃の言葉に五年前、生まれて初めてまとったローブデコルテの記憶が蘇った。あのときの胸苦しさと数々の祝典は、甘く誇らかな記憶となって残るはずだったのに、今は苦々しさしか呼び起こさない。

「さあ、出掛けましょう」

気持ちを引き立てるように、菊乃が弾んだ声を出した。


大正十一（一九二二）年四月十六日、よく晴れたうららかな日曜日の昼間のことだった。

麻布にある二礼伯爵家の玄関にはフランスから輸入したパナールの新車が停まっていた。

運転手の助手が恭しく車のドアを開け、菊乃と早紀子が乗り込むと自分も助手席に座った。

大戦が終わってからというもの、馬車は流行遅れになっていた。パナールは帝国ホテルへ向けて走り出した。

現在、英国のエドワード・アルバート皇太子（後の英国王エドワード八世）が赤坂離宮に滞在中だった。前年に皇太子裕仁殿下が渡欧した返礼として、四月十二日に来日されたのである。

この日は皇太子来日の歓迎行事として日比谷公園の音楽堂で日英交歓音楽会が催される予定だった。それに合わせて帝国ホテルでも大宴会が開かれることになった。名門二礼伯爵家の当主であり、伯爵の未亡人である菊乃と令嬢の早紀子は、主催者から招待を受けているのだ。

「でも、私、どうせなら音楽会に行きたかったわ。パーティーなんて、結局はご挨拶回りなんですもの。つまらない」

早紀子は後部座席の背もたれに身を沈め、つい愚痴をこぼした。菊乃は前を見たまま、やんわりとたしなめた。

「我慢なさい。明日は十和子（とわこ）さんたちと帝劇へ『ハムレット』を観にいらっしゃるんでしょ」

菊乃の兄、雄一郎と恒二郎にはそれぞれ二人の娘がいて、従姉妹同士は幼い頃からとても仲が良かった。最近は誘い合って音楽会や美術展に出掛けたりしている。十和子は雄一郎の長女で、早紀子より三歳年下だった。

帝国ホテルの大広間に設えられたパーティー会場には、政財界の大物や貴族院議員などが夫人同伴で出席していた。

菊乃は人波の中を泳ぐように移動しつつ、如才なく挨拶を交わし、早紀子を紹介した。

「娘の早紀子でございます。昨年、日本女子大を卒業いたしましたの」

すると、相手は判で押したように答える。

「それは、それは、大層な才媛でいらっしゃる」

後に続く菊乃の台詞も決まっていた。

「当年取って二十四でございますから、将来のことを考えなくてはなりませんの。何しろ、二礼家のたった一人の跡継ぎでございますから」

婉曲(えんきょく)に、良い婿がいたら紹介して欲しいと言っているのだ。最近の早紀子はそれを聞くと、自分が店先に並んだ野菜か魚になったような気がして、何とも憂鬱になる。菊乃の心痛はよく分かるし、早紀子とて二礼家を継承する使命を忘れたことはないが、それでも気持ちが萎えてしまうのだった。

大広間の一隅では来賓たちの談笑に伴奏するかのように、ピアノ四重奏曲が奏でられていた。

時計の針が三時半を過ぎて四時に近づいた頃、早紀子は何気なく窓に目を遣った。と、窓ガラスの外に靄がたなびくのが見えた。春霞かと目を凝らすと、そうではない。靄はどんどん濃くなり、上空へ立ちのぼってゆく。

「……お母さま」

早紀子が菊乃に耳打ちするのとほぼ同時に、廊下に慌ただしい足音が響いた。続いて扉が勢いよく開け放たれ、黒い背広姿の従業員が大広間に駆け込んで叫んだ。

「みなさま、火事でございます！　どうぞ落ち着いて、係の者の誘導に従って、避難してください！」

客たちは騒然となった。窓の外はすでに煙に遮られ、景色も朧になっている。廊下を伝わった煙が広間にも入ってきた。みな弾かれたようにドアに向かって走り出した。

「早紀子さん、あわてないで。転ばないように気を付けて……」

菊乃はしっかり早紀子の手を握り、ドアの方へ移動しようとした。しかし、我先に外へ出ようとする人の流れはすでに激流と化していた。二人ともあっという間に人波に呑み込まれ、身動きが取れなくなった。押し出され、押し戻され、右へ左へと揉まれるうちに、離ればなれになってしまった。

この日の午後三時四十五分、帝国ホテル地下室から出た火は木造部分に燃え移り、暖炉の煙突や暖炉と床板との隙間を空気口として火勢を強め、瞬く間に燃え広がった。従業員が異変に気付いたときには、すでに手の施しようのない状態になっていたのである。

押し合いへし合いされながらやっと廊下に出ると、そこにも煙が充満していた。いきなり誰かが背中にぶつかって、早紀子は堪えきれずに転倒した。

踏み潰される……！

一瞬、恐怖に金縛りになった。後から来る人たちに踏まれ、煙に巻かれて逃げ遅れる自分の姿が目に浮かんだ。が、次の瞬間、何者かに腕を取られ、ぐいと上に引き上げられた。

「しっかり、あわてないで。歩けますね？」

顔を上げると若い男が肩から腕を回し、脇を支えてかばいながら歩いていた。

「はい、大丈夫です」

「とにかく外へ出ましょう。そうすれば安心だ」

男はまだ若く、二十代の半ばくらいに見えた。背広姿だがネクタイはよじれ、髪の毛も乱れている。しかし、態度は落ち着いていて、足取りもしっかりしていた。

ロビーを抜けてホテルの外へ出ると、早紀子は思わず大きく口を開け、新鮮な空気を吸い込んだ。

「あ、あの、ありがとうございます……」

礼を言おうとしたが、相手は首を振って遮った。

「このまま、通りを渡って日比谷公園にいらっしゃい。みなさん避難してくると思います」

青年はそれだけ言うと、さっと身をひるがえしてロビーに駆け戻った。

ホテルの人だろうか……?

後ろ姿に頭を下げながら、早紀子は助けてくれた人の名前も聞かなかったことを悔やんでいた。

「早紀子さん!」

玄関の外の人だかりの中から菊乃が走り出た。

「ああ、お母さま。ご無事で良かったわ」

「大丈夫? 怪我はない?」

菊乃はギュッと娘を抱きしめた。

「私は大丈夫ですわ。とにかく、日比谷公園に参りましょう。ここにいては消火の邪魔になります」

ホテルにいた客たちも、ぞろぞろと通りを渡って日比谷公園に移動を始めた。転んだり人波にもみくちゃにされたのは早紀子一人ではない。服が泥まみれになったり、着物の片袖が取れたり、髷(まげ)が崩れたりと、見るも無惨な格好の貴顕淑女が何人もいた。

日比谷の音楽堂でコンサートを楽しんでいた聴衆も、時ならぬ騒ぎに公園に出てきた。みな、ただ茫然と通りを挟んだ向こう側の火事の様子を眺めるばかりだった。

警視庁消防部や市内各消防署からは、消防車二十二台、職員四百四人、三百四十四人の大消防隊が出動して消火に努めた。しかし火勢はすさまじく、あっという間に一階大広間と大食堂は火を噴き上げ、三階を舐め尽くして屋上に達し、全館を炎で包んだ。消防隊は鉄道高架の上から放水したが、焼け石に水どころか水は建物に届かなかった。約三時間後、延べ床面積千八百坪を焼き尽くして、火災はやっと収まった。

この火事で長期滞在中だったギリシア人新聞特派員が猫を助けようとして死亡し、二十三名が負傷した。

「早紀子さん、寝てなくてよろしいの？」

居間に下りていくと、菊乃が書類の束から目を上げて聞いた。

「ほんの鼻風邪ですもの。大したことありませんわ。遠山先生も、薬を飲んで安静にしていればすぐに治るって仰っていらしたでしょ」

早紀子はソファに腰を下ろし、女中頭の久世総子に紅茶の追加を頼んだ。

昨日、帝国ホテルの火事に遭遇した早紀子と菊乃は、二礼家の運転手と助手が探しに来るまで日比谷公園で待った。昼間は暖かかったが夕方に近づくと冷えていき、和服の菊乃はともかく、袖の短いドレスを着ていた早紀子は軽い風邪を引き込んだ。日比谷公園で待つ間、菊乃が袖を身体に巻き付けるようにして温めてくれたのだが。

今朝、菊乃が早速主治医の遠山に往診を手配し、診察してもらったところだ。ちなみに先代の遠山医師は引退し、今は息子が跡を継いでいる。

「鼻風邪だからって油断してはいけませんよ。今夜、十和子さんたちと帝劇へ行くのはお断りした方がよろしいわ」

早紀子に対する過保護ぶりは今に始まったことではないが、最近ますます過剰になってきた。それは自分が適齢期を過ぎようとしているからだと、早紀子は気が付いている。

「ええ。そのつもりです。昨日の今日で、何だか人の大勢集まる場所へ行くのは気が進みません」

早紀子は紅茶を一口飲んでカップを置いた。

「それより、昨日危ないところを助けてくださった方、お名前も聞けませんでした。どうしたらよろしいでしょう？」

「そうねえ……。パーティーに出席していた方なら、主催者に聞き合わせて、同じ年格好の方を探すことは出来ると思うけれど、そうでないと難しいでしょうね」

あの日、帝国ホテルにはパーティーの客と宿泊客の他、食事や待ち合わせに来ていた客もいれば、従業員や出入りの業者もいた。たまたま通り掛かった人である可能性も捨てきれない。

あの青年は早紀子を外へ連れ出した後、また黒煙もうもうたるホテル内へ救助に向かった。その姿を思い出すと、何故か胸が苦しいような気持ちになる。早紀子はつい溜息を吐いた。それがいつもの苦さや諦めでなく、甘いときめきを伴っていることに気が付いて、我知らず狼狽えていた。

大正年間はわずか十五年の短さであり、明治という偉大な父親と昭和という良くも悪くも奔放な息子に挟まれた、存在感の希薄な時代と言えるかも知れない。しかし一方では、民主主義・普通選挙・男女同権・自由恋愛など、現代日本では普遍的となった思想や制度が生まれ、世界大戦という人類未曽有の経験を経た時代でもあった。

「大正は親不孝の時代である」と喝破したのは山本夏彦だが、旧来の価値観への反逆や軍人への蔑視なども含め、今に通じる大衆消費社会が実現したのも大正だった。

そして「新しい女」「モダン・ガール」という概念が広く社会に浸透したのも大正年間だった。もっとも、その概念を実践した女性となると、都会に暮らすほんの一握りの少数派でしかなかったが。

早紀子は明治三十二（一八九九）年の初夏に生まれ、伯爵二礼通敬と夫人菊乃の長女として戸籍に登録された。

父の通敬は早紀子が生後一年を迎えるとほぼ同時に世を去った。胃癌の末期で、病気が判明した時点で余命半年と言われていたのが一年半も延命したのは、ひとえに菊乃の献身的な看護と、娘の行く末を見届けたいという本人の必死の願い故だったろう。

　菊乃は夫の死によって二礼家の戸主となり、早紀子は家督相続人となった。しかし、華族令によって女性が爵位を継承することは出来ない。将来、華族の子弟を早紀子の婿に迎え、二礼家の養子として爵位を継承させる以外、伯爵家を存続させる道はなかった。

　だから早紀子は大切に育てられた。当然乳母や世話係は付いたが、菊乃はほぼ片時も離れず側にいた。それは大事な家督相続人だからというだけではない。まさに目の中に入れても痛くないといった風で、菊乃は溢れんばかりの愛情を娘に注ぎ、時には溢れ出る愛に溺れているように見えるほどだった。

　後に早紀子の見聞した限り、華族の女性は子供にこれほどの情愛を注ぐことはない。家同士の取り決めで若くして結婚し、子供も長男以外は養子に出すことが多いせいもあろうが、親子の情で自分の人生を曇らせないための防衛本能が、生まれながらに備わっているようにも感じられた。

　菊乃は華族の出ではない。大堂財閥の令嬢ではあるが平民出身だった。女子学習院へ通うようになると、そういう情報はどこからともなく聞こえてくるものだ。早紀子は菊乃の愛情の濃さの理由が平民故ならば、むしろそれを幸いに思った。子供にとって、惜しみなく注がれる親の愛ほどありがたいものはないのだから。

　早紀子は菊乃の愛を一身に受けて育ったが、一つだけ解せないことがあった。それは、自分が両親にまったく似ていないことだ。

菊乃は抜けるように色が白く、西洋の彫刻を思わせるような彫りの深い、気品に満ちた美女だった。写真で見る亡き父通敬も、細面で切れ長の目をした美男子だ。しかし早紀子はどちらかといえば浅黒い肌で、顔も目も鼻も口も丸っこい。町で見かけた信楽焼の狸にそっくりなので、自分でも驚いたほどだ。菊乃の実家、大堂家の縁者にも、早紀子と似た顔は見あたらない。

「ねえ、お母さま、私は誰に似たの？」

幼い頃、早紀子は菊乃の膝の上で何度も尋ねた。

「あなたの曽(ひい)お祖母さまですよ。昔の方だから写真は残っていないけれど、曽お祖父さまに伺ったお話では、早紀子さんにそっくりでした」

そして確信に満ちた口調で続けるのだった。

「早紀子さんはお年頃になったら、とても魅力的になりますよ。男の人なら誰でもお嫁さんに欲しいと思うような、ね」

すると早紀子は催眠術に掛かったように、菊乃の言葉を信じてしまうのだった。

早紀子には解せないことがもう一つあった。

朝起きて洗面と着替えを済ませると、早紀子は菊乃に連れられて仏間に行く。そこには黒檀の巨大な仏壇が安置され、二礼家の祖先の位牌、亡き祖父母・伯父夫妻・父の写真が祭られている。線香を供えてお参りするのが日課なのだが、一つだけ趣の違う位牌があった。二礼家の人ではないようなのだ。

「お母さま、このお位牌はどなたなの？」

それを尋ねたのは早紀子が学習院の幼稚園から女子学習院の本科に進んだときだった。

「大恩あるお方ですよ。お父さまの命の恩人でいらっしゃいます。そして、お母さまの魂を救ってくれた方でもあります」

答える菊乃の目がうっすらと潤んでいるのを見て、早紀子は心臓がどきりとした。そして、これは聞いてはいけないことなのだと幼心に言い聞かせた。

早紀子がすべてを知ったのはそれから十一年後、女子学習院本科を卒業した年だった。在学中に婚約が調い、五月の結婚が決まっていた。

早紀子は嫁に行くわけではなく婿を迎える立場だったが、それでも結婚生活に備えて居室を改装したり衣裳を誂えたりと、前の年から慌ただしく過ごしていた。

卒業式の翌日、菊乃は早紀子を仏間に呼んだ。膝の上に、あの位牌があった。

「このお位牌は竹本早苗さんといいます。あなたを産んでくださった方ですよ」

そう告げられても、さほどの衝撃は感じなかった。思春期を迎える頃から、何となく、自分は菊乃の子供ではないだろうという気がしていた。容姿も頭の出来具合も、まるで似ていないのだ。

「大層な難産で、あなたを産み落とすと同時にお亡くなりになりました。私は早苗さんのことを思うと、ありがたいのと申し訳ないのとで、胸を引き裂かれるような気持ちになります……」

それから菊乃は包み隠さず、ほとんど赤裸々と言ってもよいほど正直に、通敬との結婚生活の破綻を告白した。それにはさすがに早紀子も度肝を抜かれ、言葉を失って茫然となった。

「一度は切れてしまった夫婦の絆を、もう一度結び合わせてくれたのが早苗さんでした。あなたが生まれる前から最初のお誕生日を迎えるまでの一年半は、初めて夫婦らしい気持ちで過ごすことが出来ました。たった一年と半年ですが、あの日々があるから、私は今まで捨て鉢にならずに生きてこられたと思っています」

菊乃は吸い込まれるような眼差しを早紀子に向けた。

「でも、どうしてもっと早くにやり直すことが出来なかったのかと、今になって悔やむこともあるのです。だから……」

菊乃は早紀子の手を取り、しっかりと握りしめた。

「早紀子さんは、お母さまのような失敗はなさらないでね。改めるのに早すぎることも遅すぎることもありません。これまで通り、素直な心を大切にして、お二人の幸せを築いていってくださいね」

「お母さま……」

早紀子は胸が熱くなり、ハラハラと涙をこぼして菊乃の胸にすがった。惜しみなく注がれた菊乃の愛情が奇跡の産物のように思われて、ますます慕う心が強くなった。

大正六（一九一七）年五月、数え年十九歳の早紀子は二礼家の遠縁に当たる宮園（みやぞの）子爵の三男明（あきら）と結婚した。明はこの年二十九歳で、京都帝大を卒業して朝鮮銀行に勤めていた。二人の結婚は、まず明が二礼家の養子となることが宮内省に認許され、続いて早苗との婚姻が認許されるという手続きを経て成立した。結婚後は名前も「明敬（あきたか）」と改めることが決まっていた。

菊乃が数ある候補者の中から明を婿に決めたのは、華族の子弟（襲爵資格者）であることが第一、次は年齢の釣り合い、そして本人が学術優秀で仕事の腕もあり、容姿も悪くなかったからだ。

しかし、すべては水泡に帰した。

結婚式にまつわる雑事もようやく一段落した五日後、明は書き置きを残して二礼家を出奔（しゅっぽん）した。

相手は宮園家に行儀見習いに上がっていた親戚の娘だった。三男である明は比較的自由の利く身の上だったから、その娘と恋愛関係になり、結婚の約束をしたらしい。しかし、二礼家から養子の話が来ると、両親は娘を実家へ帰して二人の仲を裂いた。愛し合う恋人たちは互いの気持ちを抑え難く、駆落ちという非常手段に訴えたのである。

「早紀子さん、許して！　お母さまがバカだったわ。お母さまのせいよ。みんな、お母さまが悪いの……！」

知らせを受けたとき、菊乃はソファに突っ伏して泣き崩れた。

早紀子は正直、明が他の女と駆落ちしたことより、菊乃の嘆きぶりに衝撃を受けた。生まれてこの方、これほど取り乱した母の姿を見たことがなかった。まさに身も世もないほどの悲しみようだった。

「お母さま、しっかり遊ばして……」

早紀子はおろおろしながら菊乃の隣りに座って背中を撫でた。

本音を言えば、明とは結婚してほんの数日しか経っておらず、夫婦としての情愛もまだ芽生えていなかった。どうせ駆落ちするなら結婚が成立する前にすればよいものを、これほど各方面を騒がせた明の不手際と不誠実には腹が立ってたまらなかった。そして騙されたのは不愉快だが、そんな不誠実な男と一生添い遂げる羽目にならずに済んだのを安堵する気持ちもあった。それよりはこの事件が菊乃に与えた打撃の方が案じられた。

「早紀子さん、どうか許してちょうだい。必ずこの埋め合わせはします。お母さまは天国のお父さまに誓って、あなたの人生にどんな小さな汚点も残しませんからね」

大袈裟だわ……。

芝居がかった台詞にむしろ気恥ずかしさを覚えた。

そう、あの頃の早紀子はあまりに過保護に育てられ世間知らずだった。この事件が自分の一生にどれほどの影を落とすことになるか、チラとも考えていなかった。菊乃の憂慮と気迫が身に沁みるようになったのは、それからずっと後のことだった。

その後の菊乃の行動は迅速だった。養子縁組の手続きを解消し、各方面に手を回して婚姻の事実を戸籍から消してしまった。書面だけ見れば、早紀子は未婚になった。

そして、日本女子大学に入学させた。もう一度女子学生に戻すことによって、世間からも結婚の記憶を消そうと図ったのである。

菊乃の意図とは裏腹に、早紀子は大学で学ぶうちに次第に自我に目覚めていった。新しい思想に共鳴する者や社会奉仕活動に身を投じる者を目の当たりにして、自分の来し方行く末を真剣に考えるようにもなっていった。

今の早紀子にはありのままの自分の姿がはっきりと見えていた。伯爵の庶出の娘であり、ただ一人の家督相続人。結婚後わずか五日で夫に駆落ちされてしまった〝出戻り娘〟。日本女子大を卒業したが、学問芸術で人に抜きん出た才能はまったくない。顔は狸に似ている。

考えると早紀子は暗澹(あんたん)たる気持ちになる。如何に菊乃が奮闘しようと、世間の目を欺くことは出来ない。玲瓏(れいろう)玉の如き令嬢どころか、実態はこれなのだ。差し引きゼロどころかマイナスだった。

しかし世の中には宮園明のように「伯爵家の家督相続人」の地位に重きを置く男が大勢いるから、婿に来たいという華族の子弟に不足はないだろう。問題はこれからそのような男を夫として、愛情や尊敬の気持ちを抱けるかどうかだった。

菊乃は今度こそ誠実で優秀な婿を見つけようと躍起になっているが、早紀子は徒労に終わるような気がした。所詮、二礼家の家柄と財産が目当てなのだ。みんな明と似たり寄ったりに違いない。

早紀子は菊乃にお茶会や観劇やパーティーに連れて行かれるのも気が重かった。周囲の人たちにこっそりと品定めされ、陰でヒソヒソと「ああ、あれが例の、二礼伯爵家の跡継ぎの……」と囁（ささや）かれているのが手に取るように伝わってくる。後に続く台詞は「ご主人に駆落ちされた方ですわね」に決まっている。

菊乃は毅然として顎を上げ、そんな囁きは見事に跳ね返す。どんな種類の毒の矢も、菊乃が一睨みすれば勢いを失って落ちてしまう。誰も決して傷つけることの出来ないダイヤモンドの彫刻のようだ。

しかし、早紀子は平凡な人間だった。菊乃の強さも賢さも持たない。だから傷つくことを恐れてしまう。

……でも、多分、お母さまには分からないだろう。

早紀子はまたしても溜息を吐く。子供の頃、菊乃は早紀子の女神だった。今も変わらず大好きで、尊敬し、憧れている。だからこそ重荷になっているのは、何とも皮肉だった。

「この方、片平直樹（かたひらなおき）さんって仰るの」

菊乃が早紀子の前に見合い写真を置いたのは、一ヶ月後、五月半ばのことだった。

「お年は二十六歳。帝大の法学部を卒業なさって、文部省にお勤めです。日清戦争で活躍なさった海軍の片平中将のお孫さんでいらっしゃるのよ」

日清戦争後、片平中将は戦功により伯爵位を授けられ華族に叙せられた。所謂（いわゆる）勲功華族である。

早紀子は写真を手に取った。ポマードでオールバックに髪を撫でつけた背広姿の青年が写っている。顔は少し顎が角張っていて強情そうだが、目鼻立ちは悪くない。

「なかなか様子の良い方ね。一度お目にかかってみましょうよ」

菊乃は弾んだ声を出している。この見合いに懸ける意気込みが自ずと伝わってくるというものだ。

「はい、お母さま」

早紀子は言葉少なに頷いた。

見合い相手の写真を見た途端、別の顔が脳裏に浮かんだ。帝国ホテルで助けてくれた、あの青年の顔。

人波に揉まれて髪の毛も服装も乱れていたが、涼やかな目元をしていたと思う。切れ長でまつげが長かった。誰かに似ているような気がするが、思い出せない……。

もう二度と、お目にかかることは出来ないのだろうか？

あの青年の姿をまぶたの裏に映すだけで、鼓動が速くなっていた。我知らず溜息が漏れそうになる。そっと呑み込むと、甘い思いが胸に広がった。

会いたい……。もう一度あの方に会いたい！

心の底から願いが絞り出された。早紀子は胸の中でその願いを何度も唱えた。

十和子は持ってきた雑誌を早紀子の前に置いた。

「どうぞ、お持ちになって。うちはもう、全員読んでしまったから」

「ありがとう」

一昨年創刊されたばかりの「新青年」という、探偵小説を主とした珍しい雑誌だ。翻訳物の探偵小説が何編も載っている他、創作の募集もしていて、入選作を載せている。表紙も編集も都会的でモダンなセンスが光り、文字通り青年たちに人気だった。

兄の雄作と雄馬が愛読しているのを十和子も読み、面白いからと早紀子に貸してくれた。今では早紀子も「新青年」の新刊を楽しみにしている。

「やっぱりお兄さまがいると良いわね。私、十和子さんに教えてもらわなかったら、こんな雑誌があるなんて知らなかった」

「それはそうかも知れないけど、良いことばかりじゃなくってよ」

十和子はわずかに不満そうな口ぶりになった。

「お父さまもお母さまも、まず第一に考えるのが雄作兄さま、次が雄馬兄さまで、私も十萌子も、いつだってみそっかすなんですもの」

　十萌子は三歳下の妹で、神田猿楽町の仏英和高等女学校に在学中だった。十和子も仏英和を卒業している。

「私だって早紀子さんみたいに、女子大に行きたかったわ。それなのに仏英和を出たら、どうせ嫁に行くのに学問は必要ないって言われて、お稽古三昧なんですもの」

　菊乃から聞いた話によれば、女学校卒業以来、十和子には様々な縁談が持ち込まれているらしい。今をときめく大堂財閥の令嬢なので、財閥の子弟から名門華族の嫡男まで、引きも切らぬ有様だという。

「雄馬兄さまは帝大の頃から文学趣味で『ホトトギス』に投稿なすっていたでしょ。今でもときどき発行所に伺っているのよ。先だって私も一緒に連れて行っていただいたら、お父さまとお母さまがそれを知ってカンカンになって……」

「ホトトギス」は明治期には夏目漱石『吾輩は猫である』『坊っちゃん』、伊藤左千夫『野菊の墓』などが掲載され、総合文芸誌の趣が強かったが、大正になって高浜虚子が俳壇に復帰してからは俳句が主流となった。そして瞬く間に俳壇すなわち「ホトトギス」と言わしめるほどの勢力を持つ最有力誌となり、主宰者の高浜虚子は俳壇に君臨する存在となった。

「あら、どうして『ホトトギス』がいけないのかしら?」

「若い男が大勢集まる場所に行ってはいけませんって」

「まあ」

「まったく、バカバカしいにもほどがあるわ」

十和子は思い切り顔をしかめた。

「あれもダメこれもダメで、何にも出来やしない。そのくせ、本当は二の次三の次で、それほど大事にされていないのよ。割りに合わないったらないでしょ？」

そして大袈裟に溜息を吐いた。

「女って損だわ。早紀子さんもそうお思いになるでしょ？」

「そうねえ」

早紀子は相槌を打ったが、頭の中では別のことを考えていた。

確かに女は不自由が多くて損をしているが、男も大変だと思うのだ。一家を背負っていかなくてはならない。早紀子は子供の頃から家督相続人として家を継ぐ責任を感じていたが、結婚して養子を迎えれば、後はすべての責任を夫に委譲し、家の将来を託すことが出来る。しかし、嫡男であればそうはいかない。一生、家を守って生きなくてはならないのだ。

それはきっと、とても気の重い、厄介な仕事だわ……。

女の身で二十年以上、二礼伯爵家の家名と財産を守ってきた菊乃を思い浮かべた。あれは菊乃だから出来るので、自分にはとても無理だと思う。

やっぱり、お見合いして結婚するほか道はないのだろうか……?


六月四日の日曜日、上野精養軒において、二礼家と片平家の見合いの席が設けられた。

見合いをするというのは、両家の間にすでに一定の合意が成立しているからで、ここまで来たら普通は結納から結婚式へと進んでいく。しかし、早紀子はかつて見合いの後で破談したことが二回あった。

一度目は昨年、日本女子大を卒業した直後のことだ。相手は慶應義塾を卒業して三井物産に勤める堂上華族の四男で、経歴も人柄も申し分なく、なおかつ容姿端麗でもあった。濁ったような肌の色が気になったものの、それほど大きな欠点とも思われなかった。

だが、一目見合い相手を見た途端、菊乃は顔色を変えた。見合いの席では平静な態度を崩さなかったが、帰宅するとすぐに世話人に電話で訴えた。

「……とにかく、このお話はなかったことにしてくださいませ。お願いいたします。あの顔色はただ事ではありません。すぐに大きな病院で診察していただくようにとお伝えください」

そして、世話人の抗議をねじ伏せるように言ったものだ。

「亡くなった主人が、同じ顔色をしておりました。だから一刻を争うのでございます」

菊乃の予言通り、その後見合い相手は膵臓癌が発見され、入院からわずか三ヶ月で世を去った。

二度目はそれから半年後、相手は早紀子より十歳年上の堂上華族の三男で、再婚だった。七年前に結婚したが妻は三年前に病死し、子供はいなかった。早稲田の東京専門学校を卒業後、母校で英文学を講義し、一昨年から助教授になっていた。

早紀子の受けた印象は、学究らしく謹厳そうな人、というものだった。痩せて背が高く、青白い顔で唇が赤い。瞬きの少ない鋭い目をしていた。しかし陰気ではなく、講義で慣れているせいか人当たりも悪くない。第一印象は悪くはなかった。

だが、菊乃は何か不吉なものを感じたらしい。兄の雄一郎に頼んで専門の業者に詳しく身辺を調べさせた。そして、その謹厳そうな助教授が酒乱で、夫人の死に自殺の疑いがある事実が浮上した。

「やっぱり、このお話はお断りしましょう」

菊乃はきっぱりと言った。

「酒乱は病気です。治りません」

早紀子は見合い相手に会ったのは後にも先にも一度きりで、恋愛感情を抱いていたわけではなかったから、否やはなかった。ただ、自分の結婚が予想以上に前途多難なことを思い知らされて、暗澹たる気持ちになってしまった。

やはり、私が二度目だから、まともな人は婿に来てくれないのかも知れない……。

「大丈夫よ、早紀子さん。次はきっと、良い方に巡り会えます」

早紀子の気持ちを引き立てるように、菊乃は自信たっぷりに請け合った。

「やはり、選び方が間違っていたのね。家柄を考えて堂上華族の子弟ばかりに目を向けていたけど、古い池は水も濁りやすいのかも知れない……」

そして、三度目の正直に選ばれたのが、勲功華族の三男である片平直樹だった。

この日、早紀子は淡い黄色地に芙蓉の花を染めた単衣の振り袖を着せられていた。色が浅黒くて丸顔の早紀子には着物より洋服の方が似合ったし、二十歳をいくつも過ぎて振り袖を着るのは気が重い。しかし菊乃の「あちらは旧式なお家らしいから、あちらの基準に合う服装をした方がよろしくてよ」のひと言で、振り袖になってしまった。正直、あまり似合わない格好で未来の夫の前に出なくてはならないのが、早紀子は悲しかった。

二つの家族に挟まれた席には、仲介の労を執ってくれた郷誠之助が座っていた。明治二十八（一八九五）年に日本運輸の社長に就任して以来、次々と赤字会社の再建や整理に活躍し、財界世話業と称された実業家である。貴族院議員の男爵であり、三井財閥・川崎財閥とも縁戚関係を結んでいる。番町の自宅では若い財界人が集まって勉強会を開いており、菊乃の二人の兄の息子たちもその勉強会に参加していたことから、見合い話の橋渡しをしてくれたのだった。

「まあ、今日がお互い初顔合わせですが、固くならずにざっくばらんに行きましょう。今、上野公園ではちょうど博覧会の最中です。食事が済んだら、二人で見物してくるとよろしいですよ」

郷は磊落な調子で双方に語りかけた。立派な風采の中年紳士で、経済界の重鎮でありながら、中学生の頃から郭通い（くるわ）をした人らしい洒脱な雰囲気も持ち合わせている。独身を通しているので夫人はいないが、ドイツ留学で身につけた西欧流マナーと実業の世界で鍛えた人心掌握術を遺憾なく発揮して、初対面の両家族の緊張を難なくほぐしていく。

二礼家側は菊乃と早紀子母子の他、父親代わりに大堂雄一郎が付き添っていた。実業家である雄一郎は、当然ながら郷とはかねてよりの知己である。郷の言葉に顔をほころばせて頷いた。

「それは良い考えですな。上野の博覧会は、ずいぶんと評判が良いらしい。不忍池を水上飛行機が走るとか」

郷と雄一郎が言うのは、この年の三月十日から七月三十一日まで上野公園内で開かれた平和記念東京博覧会のことだ。

精養軒は日本の西洋料理の草分けである。この日もフランス料理のフルコースが供された。

早紀子はナイフとフォークを動かしながら、じっと向かいに座る片平家の親子を眺めた。

父親の片平俊史は父の跡を継いで海軍に入り、大佐になっていた。真面目で温厚な人という印象を受けた。長男は海軍軍人、次男は帝大の英文科を卒業後、海軍機関学校の英語教官に就任したという。母親の忍は上品で気の弱そうな印象だった。当の直樹は、顔立ちは母親に似ていた。だが、芯はよほど強そうだ。そして、顔つきや着るものや態度物腰などから、片平家は質素で堅実な家風なのだろうと思われた。

早紀子が見極めたかったのはただ一つだけだ。この人は結婚してから駆落ち事件など起こさないだろうか？

いつの間にか穴の開くほど見つめていたらしい。直樹がいささか困惑した面持ちで目を逸らした。

「ここは一昨年、店に神殿を造ったんですよ。結婚式と披露宴を両方とも出来るように」

「それは画期的ですな」

「近頃は物事が万事簡略になって参りましたわね」

「左様ですな。今上陛下のご成婚以来、永島式婚礼会なるものが人気を博しているとか」

郷と雄一郎は話が弾んでいた。そこに菊乃が華を添える。

「結婚式が簡単なのは歓迎ですわ。兄も私も披露宴を三回もいたしましたので、式が終わった後は疲れ切ってしまいましたもの」

小さな笑いが収まると、郷・雄一郎・菊乃の三人は、代わる代わる亡き片平中将の戦功を讃え、片平大佐の忠勤ぶりや息子たちの優秀さを褒め合った。特に次男の卒業した東京帝国大学文科大学英文学科というのは、一学年ほんの数人しか合格者を出さない難関中の難関だった。

「一つの家で軍人、学者、官僚と、異なる三つの才能を生み出すとは、まことに大したものです」

雄一郎に続いて、菊乃も忍に向かってしみじみと言った。

「三人も立派な息子さんに恵まれて、片平さまも奥さまも、本当にお幸せでいらっしゃいますわ」

片平大佐は明らかに得意そうだった。忍も控えめではあるが、嬉しそうに微笑を浮かべた。夫婦はどちらも、二礼家が家柄や財産を鼻にかけて、婿に入った直樹をないがしろにするのではないかと心配していたらしい。それが杞憂に終わったと、喜んでいるのかも知れない。

「片平君、早紀子さんと一緒に博覧会を見物しておいでなさい。土産話になりますよ」

食事が終わると、郷が気軽に声をかけた。菊乃も後押しするように笑顔で言い添えた。

「是非そうさせてくださいませ。早紀子さん、六時に迎えの車を回しますから、片平さんをお送りしてうちへお帰りなさいな」

一同は精養軒の玄関の前で別れた。

菊乃と郷はそれぞれ家の車で帰宅し、雄一郎は片平大佐夫妻を大堂家のロールスロイスで送りがてら帰ることになった。

そして、早紀子と直樹は平和記念東京博覧会会場へ向かって歩き出した。

大がかりな博覧会で、会場は上野公園内と不忍池周辺の二ヶ所に分かれていた。殖産興業一辺倒ではなく、各国の文化や伝統を紹介する意匠を凝らしたパビリオンが幾棟も建っていて、その総坪数は五万八千百四十二坪もあった。

入場料は平日大人六十銭だった。この時代、珈琲一杯十銭、朝日(煙草)一箱十二銭、封切り映画館の入場料が三十銭くらいなので、決して安くはないが、それでも博覧会は人気を集め、会期中の入場者は千百万人に上った。

早紀子は直樹と一緒に第一会場の「染織館」「平和館」、世界の風俗が眺められる「万国街」を見学し、続いて「南洋館」に入った。大戦後、日本はドイツ領だった南洋諸島を委任統治領として譲り受けたので、珍しい南洋の風物が写真や模型なども交えて展示してあった。

「この博覧会には各省庁や会社も協賛しています。臨時の列車やバスを出したり、人力車の料金設定を均一にしたり、赤十字の救護班を待機させたり……」

二人きりになっても、直樹はほとんど態度を変えず、淡々としていた。早紀子はそれを好もしく思った。いきなり馴れ馴れしくなられるよりずっとマシだった。早紀子を始め、華族の令嬢は基本的に一人で外出することはなく、いつも女中か家族が付き添っている。だからこうして初対面の青年と二人だけで過ごすのは不慣れであり、非常に気疲れするのだ。

「あのう、大堂の従兄たちとお知り合いでいらっしゃるのですね」

「はい。大堂雄馬君とは学部は違いますが同学年で、下手の横好きで俳句をやっていたんです。その頃、有志が俳句の会を結成したので、二人とも同人になりました」

「確か、高浜虚子の……？」

「ええ。牛込にあるホトトギスの発行所で発足したんです。みなさん非常に才能のある方ばかりで、僕はもっぱら鑑賞しているだけですが……」

この年に再興した東大俳句会のことで、高浜虚子の指導の下、水原秋桜子や山口誓子ら、錚々(そうそう)たるメンバーが参加している。

会場内には飲食店も沢山店を出していた。直樹は早紀子をミルクスタンドに誘って腰を下ろした。歩き疲れて喉も渇いていたので、その配慮はありがたかった。

「あのう、片平さん。ぶしつけなことをお伺いいたしますが……」

直樹は黙って頷き、続く言葉が出るのを待った。

「ご承知でしょうが、私は再婚です。あなたは初めてのご結婚なのに、それがおいやでは・ないのでしょうか？」

あまりに正直な告白に、直樹は少し面食らったようだった。しかし、少し考えてから口を開いたときは、いささかの迷いも感じさせなかった。

「それについては、僕はお気の毒に思っています。ご災難に遭われたと……。そして、ご自身にはまったく落ち度も責任もないことで、世間から取り沙汰されることに対しても」

直樹は次の言葉を探すように一瞬目を伏せた。

「もし、夫婦の立場が逆であったら、世間はずっと寛大だったでしょう。つまり、出奔したのが妻で、残されたのが夫なら」

直樹は初対面の女性とこのような話をすることになるとは思っていなかったらしく、明らかに照れていた。しかし、自分を鼓舞するように言葉を続けた。

「結婚してから駆落ちするというのは、無責任極まりないと思います。そして、早紀子さんが男であれば、いささかも経歴に傷が付くことはなかったと思うと、男女不平等の理不尽に憤りを感じます」

早紀子は素直に感動して、涙が出そうになった。それを見た直樹は少し顔を赤らめ、居心地悪そうに身じろぎした。

「柄にもなく立派なことを言ってしまいました。お恥ずかしい限りです」

早紀子は激しく首を振った。

「いいえ、とても嬉しゅうございました」

直樹はますます恐縮してしまったが、早紀子は嬉しさに震えそうだった。

この人となら、幸せになれるかも知れない……。

ポツンと芽生えたその思いが、大きく膨らんで弾けた。じわじわと温かいものが広がり、胸の中を満たした。


流行の耳隠しにアール・デコのワンピース姿の早紀子が持参した白い割烹着をまとい、出刃包丁を振るって見事に鰹をさばくので、忍は目を見張った。

「保存のために今日のうちにサクは全部タタキにいたしますが、半分は明日、煮付けか唐揚げにしてお召し上がりくださいい。大変美味しゅうございます」

四つに切り分けたサクに手早く串を刺す。カマはつけ焼きにすることにして、酒とみりんで漬け汁を作った。

見合いから一週間が過ぎていた。早紀子は菊乃が魚屋から取り寄せた鰹一本と村上開新堂の洋菓子の詰め合わせを携えて、午後から片平家を訪れていた。

「どうぞみなさまでお召し上がりくださいませ」

挨拶の口上を述べてから、早紀子は鰹を載せた台盆を持って控えている運転手を振り返り、付け加えた。

「私、魚をおろすのは得意でございます。どうぞ、お手伝いさせてくださいませ」

そして、上がり込んで台所で奮戦を始めたのだった。

早紀子は以前花嫁修業として、和洋の料理をみっちり仕込まれていたので、魚は鯛でも鰹でもおろせるし、鶏や鴨を丸ごと調理することも出来た。「たとえあなた自身が料理を作らなくても、主人たるもの女中や料理人に的確な指示を出せなくてはいけません」というのが菊乃の教育方針だったからだ。

牛込簞笥町にある片平家は、敷地百坪ほどの土地に建つ日本家屋だった。五十坪ほどの庭は梅・松・桜・楓と、季節の庭木が植えられて、手入れもよく行き届いていた。大堂家や二礼家の屋敷とは比ぶべくもなかったが、慎ましく趣味の良いこの家が、早紀子は好もしく思われた。

「お母さま、片平さんはとてもご誠実でお優しくて、良い方ですわ。私、あの方となら幸せになれると思いましたの」

あの日、見合いを終えて帰った早々正直な気持ちを告げると、菊乃も我がことのように喜んだ。

「ああ、良かった。お母さまも片平さんなら安心だと思いましたよ」

「だから、お母さま、私が好きになるだけじゃなくて、あの方にも好意を持っていただきたいわ。どうしたらよろしいでしょう？」

「そうねえ。将を射んとせばまず馬を射よ……かしら」

菊乃はきょとんとしている早紀子に、噛んで含めるように言った。

「ご本人に良くして差し上げるのはもちろんだけど、あちらのご家族にも良くして差し上げて、気に入られることですよ。母親は男の子に甘いし、特に直樹さんは末っ子だから、きっとお母さまっ子じゃなくて？」

「……ええ、きっとそうですわ」

「あちらのお母さまに、うんと良いところをお見せなさい」

それから母子は顔を見合わせ、共犯者のように笑みを交わしたのだった。

その日の片平家の夕食は鰹のタタキ、野菜の精進揚げ、若竹汁と筍の炊き込みご飯が並んだ。

「これはずいぶんとご馳走だな」

直樹の父俊史はそう言ってわずかに顔をほころばせた。

「鰹は早紀子さんのお持たせですよ。お料理も大活躍で」

「私が作ったのはタタキだけですの。あとは全部奥さまですわ」

自宅にいるせいか、直樹も俊史も忍も、精養軒で会ったときよりずっと親しみやすかった。三人とも決して能弁ではないが、客が気詰まりにならない程度には会話のやりとりが出来る。

「この間の精養軒の料理は美味かったが、今日のご馳走も大したものですよ」

直樹が忍と早紀子を等分に見て褒めた。

「私、洋食は苦手ですのよ。ナイフとフォークがテーブルにずらりと並んでいるのを見ただけで、緊張して何を食べているのかよく分からなくなりますわ」

鰹のタタキに箸を伸ばして忍が言った。そう言えば精養軒ではあまり料理に手を付けなかったような記憶がある。

「うちの亡くなった祖母もそうでしたわ」

早紀子は同情を込めて頷いてから、俊史の方を見た。

「大佐は海軍でいらっしゃいますから、海外勤務で洋食には慣れておいでなのでございましょう?」

「それが……」

忍は苦笑を漏らし、意味ありげに俊史を見遣った。

「実はまったくダメなのです。今はだいぶ慣れましたが、初めの頃はバターの匂いが鼻について料理が喉を通らず、パンに砂糖をかけて食べて飢えをしのぎましたよ」

「まあ」

食卓を囲んだ八畳の日本間に、明るい笑い声が流れた。

片平家は大佐夫妻と直樹、そして女中一人の暮らしだった。長男夫妻は大使館付き駐在武官として北京に赴任中で、次男は教授の令嬢と結婚して分家していた。

木造二階建てのこの家に、洋室はないらしい。家も内装も家具調度も、粗末ではないが贅沢なものは何もなかった。政治権力には一切興味を示さなかったという亡き片平中将の人柄が偲（しの）ばれるようだった。

午後八時を少し過ぎた頃、二礼家差し回しのパナールが早紀子を迎えに来た。

大佐夫妻と直樹は玄関に立ち、早紀子を見送った。忍が手を揃えて頭を下げた。

「今日は大層ないただき物をいたしました上に、格別のお働きで、恐縮でございます。どうぞ、奥さまによろしくお伝えくださいませ」

「いいえ、本当に楽しゅうございました。どうぞみなさま、今度は宅の方へ遊びにいらしてくださいませ」

早紀子も丁寧に腰を折って挨拶を返し、パナールに乗り込んだ。

今度こそ、私はきっと幸せになれる……。

その思いはもはや希望的観測ではない。確実な未来なのだと、早紀子は自分の胸に言い聞かせた。

金春館の楽隊は去年まで専属だったハタノ・オーケストラではなくなっていたが、早紀子は久しぶりに観る洋画を存分に楽しんだ。

菊乃は芝居は好きだが活動写真は好みに合わないらしく、同行することはないので、映画館へはいつも大堂家の従姉妹と行く。十和子は兄の影響で大のキネマファンなので、自然と二人で誘い合わせて出掛けることになる。

主に洋画の封切り館で、銀座の金春館と豊玉館、赤坂溜池の葵館などだった。もちろん運転手と女中が付いてくるが、そこはお互い心得ていて、小遣い銭を渡して自由にさせ、時間が来たら落ち合って屋敷へ帰ることにしている。女中たちは浅草に出て、活動写真やオペラを楽しんでくることが多い。

明るくなった館内は洋画好きの学生に交じって芸者の姿もちらほら見える。近くの置屋にいる金春芸者たちだろう。

「うちの兄たちが一緒に金春館に行きたがらないのは、あわよくば彼女たちと仲良くなりたいからよ、きっと」

十和子は声をひそめて言うと、鼻の頭に皺を寄せた。

「ほんとに男ってバカね」

十和子は二人の兄と一緒に育っているので、女所帯で育った早紀子に比べると、男に対して辛辣(しんらつ)で物怖じするところがない。

「さあ、次は銀ブラに出掛けましょう!」

十和子はビーズのバッグを手に立ち上がり、早紀子もそれに続いた。

葵館は西洋の絵物語に出てくるような素晴らしい建物だが、金春館と豊玉館は映画の後の銀ブラが楽しみだった。

表通りの中央を市電が走り、歩道には銀ブラ族がのんびりそぞろ歩いている。男も女もおしゃれで垢抜けた格好の人が多いのは、さすがに銀座だった。名物の並木は昨年柳から銀杏に植え替えられたが、根元には各商店が自前で作った花壇があって、季節の花を咲かせている。その脇には各商店の荷車が、屋号や広告を記した荷箱を積んで置いてある。商品の運搬に自動車を使ったのは明治屋が初めてで、まだほとんどの店は人が荷車を引いて運んでいた。

早紀子も十和子も涼しげなワンピースに流行の釣鐘型帽子(クロッシュ)、レースの手袋という洋装で、初夏の陽気にピッタリだった。銀座とはいえ洋装の若い女性が並んで歩くと人目を引いた。二人とも、道行く人の視線を集めるのがいささか得意だった。

「どこのお店に入りましょうか？」

銀座八丁をぶらりと流して歩いてから、十和子が尋ねた。

「資生堂のソーダファウンテンは如何？」

「……そうねえ。でも、やっぱりパウリスタに行きましょうよ」

十和子は兄たちのお供で銀座に遊びに来る機会も多く、店も地理も早紀子よりずっと詳しい。

カフェーパウリスタは日本最初の喫茶店で、銀座通りの一本裏手の時事新報社の向かいにあった。場所柄有名な文士や画家や演劇人が常連だが、他の店なら一杯十銭はする本格的な珈琲を五銭で飲ませるので、学生たちにも大人気だった。建物は白亜の三階建てで、扉を開けると特製オルゴールの美しい調べが流れてくる。店内は白い大理石のテーブルにロココ調の椅子を揃え、高級感溢れる雰囲気だ。たっぷり一合は入るカップで珈琲を出してくれるので、珈琲一杯で何時間もねばる客もいるらしい。

早紀子と十和子は二階に上がり、レディース・ルームに腰を下ろした。女性専用なので気楽で良い。ここだけは数寄屋造りを取り入れた和洋折衷の内装になっていた。

「珈琲二つと、私はドーナツ。早紀子さんは？」

「私、フレンチトーストをいただくわ」

「かしこまりました」

注文を取りに来た給仕は一礼して恭しく下がった。パウリスタの給仕は海軍士官の正装を模した白い肩章付きの上着に黒ズボンの制服を着ている。全員十五歳以下の清潔感ある少年で、美少年揃いという評判だった。

「父から聞いたわ。いよいよお決まりになったんですって？　おめでとう」

「ありがとう」

「雄馬兄さまは片平さんをご存じで、良い方だって申してましたわ。真面目で誠実でお優しいって」

「ええ。私もそう思いましたの」

「まあ、ごちそうさま」

十和子は笑顔で言ってから、ふっと表情を暗くした。

「私も、良い方と巡り会えるかしら」

「まあ、当たり前じゃありませんの。十和子さんなら絶対ですわ。お相手だって、選り取り見取りでしょう」

「父はね。でも、私が選べるわけじゃないんですもの」

十和子は絶世の美女ではないが、決して醜い顔ではない。数え年で二十一歳の今は、若さの魅力に輝いている。しかもまだ未婚なのだ。早紀子からすれば、幸せになれないはずがない。

「大丈夫。伯父さまだって十和子さんの気が進まない相手と、無理に結婚しろとは言わなくてよ」

「……それはそうだけど」

十和子はホッと溜息を漏らした。

「胸のときめく燃えるような恋なんて、結局は映画や小説の中にしかないのかしらねえ」

胸のときめき。燃える恋。早紀子はその言葉を声に出さずに舌の上にのせた。すると、一度しか会ったことのないあの青年の顔が、まぶたの裏にくっきり浮かび上がってきた。

私ったら、いやだわ……！

あわてて珈琲を飲み込んで、むせ返った。

「大丈夫？」

早紀子はレースのハンカチを口元に当てて、まだ少し咳き込みながら頷いた。

私は直樹さんと結婚する。それはもう決めたこと。それなのに他の人に胸をときめかすなんて、絶対にいけないわ。今度こそ幸せになれるのに……ならなくちゃいけないのに。

「十和子さん、もしかして、もうご縁談がお決まりなの？」

「それはまだ。でも、最近父と母の様子がちょっと変なの」

十和子は記憶をたどるようにやや上方を見た。

「夜、二人でヒソヒソと話していて、私が部屋に入っていくとピタリとやめてしまったり……。どうも、縁談の相談をしているような気がして」

それはいかにもありそうなことだった。

「考えてみれば、もう早すぎることはありませんものね」

「私、何だか口惜しくて。一度も恋をしないで結婚するなんて」

早紀子も同感だった。何も知らずに結婚して、気が付けば出戻りというものになっていたのだ。もし一度でも燃えるような恋をしていれば、立場は同じでも気持ちの張りがずいぶん違っていたのではないかと思う。菊乃が通敬亡き後の長い年月を、心の通い合った短い日々を糧に、いつも前向きに毅然として生きているように。

「私、娘が恋を知る前に結婚させようというのは、親の陰謀のように思うわ」

そう言いながら、十和子は健康な白い歯でドーナツを齧った。

「確かにそうかも知れないわね。恋を知ってから結婚すると、結婚生活に不満を感じるかも知れないと、それが心配なんでしょう」

早紀子もフレンチトーストの切れ端をナイフで刺し、口に運んだ。

「でも、結局は無駄ですわ。白蓮みたいに、結婚してからでも恋に走る女はいるんですもの」

前年の大正十（一九二一）年、伯爵令嬢であり美貌で名高い歌人柳原白蓮が、炭鉱王の夫を捨てて年下の青年に奔った事件は大いに世間を騒がせ、まだその余波は続いていた。

カフェなどでは「浮気しない？」という意味で「白蓮しない？」と言うのが流行している。

「その点、男の人は良いわ。結婚してからお妾さんを囲っても、非難されないんですもの」

十和子は再びドーナツを齧った。

「あら、でも、そうとばかりも言えなくてよ。石原教授は恋愛問題で帝大をお辞めになってしまったわ」

同じ大正十（一九二一）年、東北帝大教授の石原純は、美貌の歌人原阿佐緒との恋愛事件で大学を追われた。

「つまり男も女も、結婚してから恋をすると大変な目に遭うってことかしら？」

十和子は大きく頷いて、コーヒーカップを手に取った。

「だから私、恋は結婚前にした方が良いと思うの」

「その通りね」

早紀子はおかしくなって笑い声を立てた。

一時間ほどおしゃべりしながらパウリスタで過ごして、二人は席を立った。銀座には洋服・小物・文具・化粧品などを扱うおしゃれな店が沢山ある。一休みしたので、もう一度銀ブラを開始するつもりだった。

早紀子は一階に下り、何気なく客席に目を遣った。二階は十八席あるが一階は七席しかない。ほぼ満席で、多くは友人と話に花を咲かせていたが、入口に近い席に座った青年は連れがなく、一人で本を読んでいた。

早紀子はハッと息を呑んだ。早紀子の気配に気付いたのか、青年も本から目を上げた。

「…………」

声には出さなかったが、青年が「あっ」という顔をした。覚えていてくれたのだと思うと、次の瞬間、早紀子は顔全体で笑みを浮かべ、ペコリと頭を下げた。青年もあわてて腰を浮かし、頭を下げた。

「お知り合い？」

「ほら、私の命の恩人……」

素早く十和子に囁くと、青年の席の前に立った。

「あのときは、本当にありがとうございました」

早紀子はもう一度、深々と頭を下げた。

「いえ、とんでもない」

青年は恐縮して、突っ立ったまま手を振った。

「あなたが助けてくださらなかったら、大怪我をしていたかも知れません。もしかして、命がなかったかも……」

「そんな……きっと大丈夫でしたよ。僕がお節介を焼いただけです」

十和子が早紀子に近づいて、横から耳打ちした。

「早紀子さん、私、一時間ほど銀ブラしてきますわ。戻るまでお二人でお話しなさったら？」

早紀子がびっくりして返事もしないうちに、十和子はにっこり笑顔で軽く頭を下げ、店を出てしまった。

「あの、よろしかったら、どうぞ」

向かいの席を勧められて、早紀子は素直に腰を下ろした。

「あの、改めてご挨拶させていただきます。私、二礼早紀子と申します」

「こちらこそ、申し遅れまして。僕は綾瀬(あやせ)耕一(こういち)といいます」

耕一は白いシャツに黒のズボン姿だった。どちらも清潔だが、かなり水をくぐってくたびれている。七三分けの髪はポマードを付けていなかった。

「先ほどの連れは従妹ですの。二人で金春館に映画を観に行った帰りですわ」

「奇遇ですね。僕も豊玉館で映画を観てきたところなんです」

耕一は笑顔になった。テーブルには珈琲と齧り掛けのドーナツが置いてある。早紀子も思わず微笑んだ。

「あ、あの、よろしかったら珈琲を如何ですか？」

「はい。喜んで」

耕一が少年給仕を呼んで珈琲を注文した。早紀子は耕一の読んでいた本の表紙をちらりと眺めた。原書だが表紙は英語ではない。そしてアルファベットにはない見慣れぬ字体が見受けられた。

「映画にはよくいらっしゃるんですか？」

「ほんのたまにですの。従姉妹が一緒に行ってくれるときだけ……月に一度か、それくらい」

「僕もそうです。休みのもらえた日に、思い立って」

早紀子は耕一の話に耳を傾けながらも、眼差しはその目に引き込まれていた。さほど大きくはないのに、とても強い光を放っている。まぶしいくらいに輝いている。こんな目を見たことがないと思った。

耕一も早紀子の目を見返した。早紀子はその目に見惚れて瞬きするのさえ忘れそうになった。お互いに言葉を呑み込んで沈黙が続いたが、それが少しも苦痛ではなかった。

耕一が先に口を開いた。

「……僕は今、東京外国語学校でロシア語を勉強しています」

「学生さんでしたの」

最初会ったときに背広姿だったので社会人だとばかり思っていたが、今日の姿を見ればなるほどと思う。若さと希望と向学心が、貧しさにさえ羽根のような軽やかさを与えているようで、少しも貧乏臭く見えない。

「父が早くに亡くなって、女手一つで僕を育ててくれた母も、十二のときに亡くなりました。頼れる親戚もいなかったので、本当なら孤児になって世の中に放り出されるところを、東陽会の館脇冠山先生に拾っていただいたんです」

早紀子は東陽会も館脇冠山も聞き覚えがなかったが、篤志家なのだろうと勝手に推測した。

「それは、とてもご苦労なさいましたわね」

耕一はきっぱりと首を振った。

「僕は運が良かった。先生のお陰で大学まで行かせていただいて」

「では、今はそのお宅で書生さんのようなことをしていらっしゃるの？」

大堂家には耕一と似たような青年が何人かいて、当主の雄一郎の下で働きながら学校に通っていた。

「ええ、そんなところです」

あの日は会合に出席する館脇冠山のお供をして帝国ホテルに出掛けたのだという。

「僕は廊下に控えていたので、煙が上がってきたときすぐに異変に気が付いたんです。先生たちを避難させて、しんがりを務めているとき目の前で早紀子さんが転倒して……」

耕一に「早紀子さん」と名前を呼ばれ、心臓がドキンと音を立てた。思わず膝の上のハンカチをギュッと握りしめた。

動悸が治まってから、気を落ち着かせるために無難なことを聞いてみた。

「それでは、毎日お忙しいでしょうね？」

「不平を言ったらバチが当たりますよ。休みの日はこうして映画を観て、カフェでのんびり出来るんですから」

のんびりという言葉で早紀子は我に返った。

頭がぼうっとしていたけれど、どのくらい時間が経ったのだろう？　一時間で十和子が戻ってきてしまうのに。

「あの、綾瀬さん……」

恥ずかしくて「耕一さん」とは呼べなかった。

「お手紙を差し上げたいのですが、どちらにお出ししたらよろしいでしょう？」

耕一の目がわずかに大きくなった。女の方から住まいを聞かれて驚いているのだろう。

「待ってください」

耕一は給仕に頼んで鉛筆を貸してもらった。

「先生のお宅は芝白金の二本榎町です」

早速ナプキンに住所を書き付けて早紀子に渡した。文字は大きくて筆勢が強かったが、はみ出すこともなく最後の一字まで収まった。二本榎町は芝区だが、麻布の二礼邸とはさほど離れていない。

早紀子も鉛筆を受け取り、住所を書いた。

「今度のお休みはいつですの？」

耕一は少し顔を曇らせた。

「はっきりとは分からないんです」

早紀子は親にはぐれた子狸のような目になった。

「でも、手紙を書きます。次の休みが決まったら、すぐにお知らせしますから」

「私もお手紙を書きますわ。そして、お返事をお待ちしております」

二人がもう一度じっと見つめ合ったところへ、十和子が入ってきた。早紀子はあわててバッグにナプキンをしまい込んだ。

「早紀子さん、そろそろよろしいかしら？」

「ええ。綾瀬さん、それではごめん遊ばせ」

早紀子と耕一は同時に立ち上がった。

「今日はお会い出来て本当に良かった。どうぞお元気で」

「ごきげんよう」

努めて他人行儀に挨拶を交わして、パウリスタを後にした。

車を待たせてある日比谷通りへ歩きながら、十和子はからかい気味に尋ねた。

「早紀子さん、あの方に恋していらっしゃるの？」

早紀子はびっくりして足が止まった。

「どうしてご存じなの？」

「えっ？　そうでしたの？」

二人は歩道の真ん中に突っ立って、しばし互いの目を見つめ、その瞳の奥を探り合った。

「私、お味方いたしますわ」

十和子は大袈裟なほど深刻な顔つきで言った。

「恋は女の命ですもの」

「十和子さん！」

早紀子は十和子の手を取った。

「あの方と逢い引きなさるときは、私と出掛けることにいたしましょう。そうすれば大丈夫」

「ありがとう、十和子さん」

早紀子は自分が恋に落ちたのだと思った。十和子に背中を押されたせいかも知れないが、この恋を諦めようという気持ちは起こらなかった。

私は耕一さんが好き。恋をしている。きっと、これは運命だったんだわ……。

そのとき、直樹のことは、早紀子の意識の片隅にも存在しなかった。耕一と再会した瞬間に、他のすべてと一緒に何処かに飛んでいってしまったのだった。

……私は今まで恋をしたことがなかった。

耕一と出会って、早紀子は痛切にそう感じた。耕一を知る前と知ってからでは、人生そのものが変わって見える。今まではずっと眠っていて、やっと目が醒めたような気分だ。あるいは、フワフワとした霞か雲の中をさまよい歩いていたら、急に荒々しい断崖絶壁が目の前に現れたような……。

恋をして初めて分かったことがある。恋というのは甘いときめきや切ない思いの集まりではなかった。理不尽で凶暴な感情だった。

大切なものや大切な人を失うことを恐れない。大切なのは耕一だけだから。幸せの芽さえドブに投げ捨ててもかまわない。幸せは耕一のことで、それ以外にはあり得ないから。耕一のためならどんなことでも出来るような気がする。戦うことも、裏切ることも、傷つけることも。

不思議だった。生まれてからこれまで、人であれ物であれ、これほど強烈に欲したことは一度もない。早紀子の欲しいものはいつだって水や空気のようにふんだんに用意されていたから、取り立てて欲しいと思ったこともなかったのだろう。それが今は、灼熱の砂漠を横断する人が水を欲するように、海で溺れた人が空気を求めるように、必死の思いで耕一を求めている。

早紀子はこの日の午後、耕一から届いた手紙を読み返した。

これで何通目だろう？

早紀子も耕一も毎日のように手紙を書き送る。時には返事を出したその日に、もう次の手紙が届くこともある。一日に二度手紙を書くことも稀ではないから、無理もないが。

耕一の手紙には色々なことが書いてある。外国、特にロシアの小説、ロシアで起こった革命とシベリア出兵、そして様々な国内情勢……戦後の不況・米騒動・土地投機・自殺者の急増など、そのすべてにわたって腐敗した政権と財閥への批判が書き連ねてある。

早紀子はそれをほとんど理解していない。だが無知蒙昧は決して恋を妨げない。手紙の最初と真ん中と最後には、必ず早紀子に対する愛の言葉が挿入されているからだ。その文章だけを頭に入れ、何度も反芻して味わっている。繰り返すごとに、恋心は膨らんでいき、抑え難い激情に身も世もなく溺れてしまう。今や一日千秋の思いで耕一に再会する日を待ちわびていた。

そしてこの日の手紙には、来週の日曜日は休みがもらえるので会えないか、と書いてあった。

来週の日曜日とは七月二日で、直樹と出掛ける約束をしていた。しかし、そんなことにかまってはいられない。何とか口実を設けて中止しようと、早紀子は頭を働かせた。

そうだ。直樹さんには大堂の伯母さまが急病で倒れたと嘘をつこう。そして次の土曜日か日曜日に日延べしていただこう。こうすれば、私は直樹さんと会っていることにして耕一さんに会える。

名案を思いついて早紀子は心に快哉を叫んだ。直樹に悪いとか後ろめたいとは、毛筋ほども思わなかった。


「早紀子さん、よく来てくれました」

待ち合わせ場所のカフェーパウリスタに入っていくと、耕一は椅子から立ち上がって出迎えた。

「お待たせいたしました？」

「いいえ。僕もちょうど五分前に来たばかりです」

早紀子が向かいの席に腰を下ろすと、耕一は給仕を呼んで珈琲を二つ注文した。今日も洗いざらしのシャツとズボン姿だった。恋に溺れている早紀子の目には、それが大層好もしく映る。早紀子は仕立て下ろしの白いシフォンのワンピースを着て、夏らしくやや鍔広の帽子を合わせている。

「今日は何処へ行きましょう？」

耕一が尋ねた。早紀子の答えは「何処へでも」に決まっている。耕一と一緒なら蕎麦屋の前で行列をしたって幸せなのだ。

「せっかくお目にかかったのに、僕は映画館や芝居小屋には入りたくありません」

早紀子は嬉しくて顔が笑み崩れそうになった。

「……私もです」

「何処が良いかな？　銀座を歩いていると早紀子さんの知り合いに出くわすかも知れないし、浅草は人が多すぎて落ち着けない……」

耕一は考えあぐねて眉間に皺を寄せた。

「そうだわ。上野は如何でしょう？」

早紀子は直樹と行った平和記念東京博覧会を思い浮かべた。

「近頃は当初の人出もかなり減っていると聞きました。行列の出来ていた不忍池の水上飛行機も、閑古鳥が鳴いているって」

「良いですね。上野なら帝室博物館もある。あそこは一日見て歩いても飽きることがありません」

「動物園もありましてよ」

早紀子は子供の頃、正月になると菊乃に上野動物園に連れて行ってもらった。かつて上流家庭では正月に家族で動物園に出掛けるのが流行っていて、菊乃も子供の頃、正月は動物園に行ったと語っていた。思い出すと懐かしさに胸が弾んだ。

「早紀子さん」

耕一が手を伸ばし、テーブルの上に置いた早紀子の手に触れた。その瞬間、電流でも流されたように身体が硬直した。

「そろそろ出ましょう」

早紀子は小さく震えながら、無言で頷いた。


「お帰りなさい、早紀子さん。如何でした?」

帰宅の挨拶をすると、菊乃は当然ながらその日の様子を質問した。

「とても楽しゅうございました。上野へ参りましたのよ」

「あら、そう」

「帝室博物館を見学いたしました」

早紀子はにっこりと笑ってみせた。

「昔の仏像やら絵巻物やら掛け軸やら……珍しい物が沢山飾ってあって、とてもお勉強になりましたわ」

「そうですか。直樹さんは良いご趣味だこと」

菊乃にその日の報告を続けながらも、早紀子は頭の中でめまぐるしくこれからの作戦を考えていた。

今週の土曜日は十和子と出掛けるという口実で、本当は直樹と会う約束をした。会ったら絶対に二人で帝室博物館に行かねばならない。でないと、次に家に招待したとき、菊乃と話が合わなくなってしまう……。

早紀子は耕一と出会うまで、菊乃に嘘をついたことがなかった。嘘をつく必要に迫られたことがないと言った方が適切だろう。それが今や母を欺いて、婚約者のある身で男と密会を企てている。しかし、少しも胸は痛まないのだ。むしろ綱渡りのスリルを楽しんでいる。綱を渡った先にいる耕一に会う喜びだけを考えている。

自分の心の有り様に気が付くと、あまりの変貌ぶりに、さすがに空恐ろしくなるのだった。


「……なんでしょう?」

ただならぬ気配に、早紀子は隣りにいる直樹をふり仰いだ。遠くに聞こえるのは雷鳴ではない。群衆のざわめきと足音だった。

「デモ行進です」

上野公園の方を見つめて直樹は答えた。

今日は七月八日の土曜日。この前日延べしてもらった外出の代替日で、上野駅で待ち合わせて落ち合ったところだ。

駅には警官が大勢立っていて、非常に物々しい雰囲気だ。

駅前にいても、ざわめきが聞こえてくる。それはいつしか歌声に変わっていた。

「このところ労働運動が激しいですから。一昨年は日本初のメーデーも開催されました。……そう言えば、場所も同じこの上野公園でしたよ」

早紀子はメーデーの何たるかを知らなかった。米騒動や盛んに行われるデモ行進のことは新聞で読んだくらいで、実物を見たことはなかった。

「まあ、そう長いことでもないから、通り過ぎるまで待ちましょう」

「はい」

間もなく歌声が大きく響き渡り、デモ行進の隊列が姿を現した。それを待ち受けていたかのように、警官隊が集結する。

早紀子にもデモ隊の歌っている歌詞が聞き取れるようになった。

「聞け万国の労働者　とどろきわたるメーデーの　示威者に起る足どりと　未来をつぐる閧の声」

デモ隊は旗や幟を振っていた。幟には赤インクで「治安警察法第十七条撤廃」「失業防止」「最低賃金法の制定」「八時間労働制」「シベリア即時撤退」「公費教育の実現」などと大書されている。

早紀子は一瞬目を疑った。デモ行進の先頭集団に若い女がいる。二十歳そこそこにしか見えない。遠目で見ても美人なのが分かった。昂然と胸を張って歩いている。

デモ隊と警官隊が衝突したのは、ちょうど早紀子と直樹が立っている場所のすぐ前だった。

警官が若い女の持っている旗を奪おうとしたが、女は少しも怯（ひる）まず、警官を旗で打ち叩いた。

「女のくせに、何だ！」

警官が歯を剝き出して怒鳴ると、女は負けずに怒鳴り返した。

「労働者のくせに権力の手先になるとは、そっちこそ何だ！」

早紀子は啞然として声も出なかった。異質なもの、自分の住む世界とは違う世界の生き物を見たような気がした。

すぐに乱闘になり、デモ隊からは拘束者が大勢出た。女も警官に拘引された。

そのとき、女はちらりと早紀子と直樹の方を見た。次の瞬間、美しい顔に軽蔑が露わになった。女はフイと横を向き、そのまま警官に連行されていった。

「そろそろ落ち着いたようですわね」

早紀子は何気なく直樹の顔を見上げた。そして息を吞んだ。直樹の顔は血の気を失い、凍り付いたような表情になっていた。

「……どうなさいましたの？」

直樹が大きく息を吐いた。その顔が苦悩で歪んでいた。

「僕は……」

そう言ったきり、後の言葉が続かない。打ちのめされているように見えた。

早紀子には、何となくあの美しい女が関係しているのだろうと察しが付いた。

「あの、少し休んだ方がよろしいですわ。何処かで珈琲でもいただきませんこと？」

直樹は黙って頷いたが、立っているのも辛そうだった。

駅周辺には落ち着いて話が出来るような店は見あたらなかったので、とりあえず公園内にある精養軒へ行くことにした。

「申し訳ない」

珈琲を注文した後で、直樹は沈痛な面持ちのまま頭を下げた。

「あの……もしよろしかったら、どうして苦しんでいらっしゃるのか、理由(わけ)を話していただけないでしょうか？」

早紀子は遠慮がちに切り出した。

「私ではお力になれないかも知れませんが、他人(ひと)に打ち明けるだけで、気持ちが楽になることはございますから」

直樹は迷っているようだったが、珈琲を一口飲んだ後、静かに語り始めた。

「……もうお気付きかも知れませんが、先ほどデモ行進の先頭にいた女性、彼女のことが原因です」

早紀子は神妙に頷いて続きを待った。

「保科翠（ほしなみどり）という名です。高名な経済学者で社会運動家でもある保科万吉（まんきち）先生のお嬢さんです。兄の栄（さかえ）君は僕と帝大の同級生でした。彼の家に遊びに行って知り合い、好きになりました。有り体に申し上げれば、一目惚れでした」

さもありなん、と早紀子は納得した。あの美貌、あの気概、あの情熱を前にして、年若い青年が恋に落ちずにいられようか。

「彼女も、僕に好意を持ってくれました」

それを聞いて、早紀子は黙っていられなくなった。

「つまり、あの、私との縁談が持ち上がったことで、無理矢理仲を引き裂かれたのでしょうか？」

「いいえ、それは違います」

直樹は悲しげに目を伏せた。

「去年の暮れに、彼女とはもう会わないことにしました。お互い納得の上で、そう決めました」

「どうしてでございます？」

「……僕と彼女は生きる世界が違う。そのことを痛感したからです」

直樹は目を上げ、悩ましげに瞬きした。

「彼女も、栄君も、保科先生も、社会主義や共産主義を信奉しています。日本で社会主義を実現するために、困難にもめげず日夜挺身しています。それは大変に立派なことだと思います。僕としては、社会主義も共産主義も、非常に立派な思想だと思っていますから」

「はあ……」

早紀子はしばし理解に苦しんだ。それでは何も翠と別れる必要はないのではないかと思う。

「でも、無理だと思うんです。あんな立派な思想を実現出来るほど立派な人間は、世の中にほんの少数しかいません。それを広く社会で実現するというのは夢物語のように思えて、どうにも共感出来ないんです。僕だってそんなに立派な人間じゃありませんから」

「はあ……」

社会主義も共産主義も知らない早紀子には「はあ」としか返事のしようがない。

直樹は早紀子が理解しようがしまいが、どうでもよいのかも知れない。再び苦悩に顔を歪め、両手で顔を覆ってしまった。

「私を取るか資本主義を取るかと迫られて、彼女と別れざるを得ませんでした。彼女は僕とは違う世界に生きている。僕は彼女の世界では生きられない。彼女も同じです。僕たちは所詮生きる世界が違っていたんです」

早紀子は同情を込めて尋ねた。

「でも、今でも翠さんを愛していらっしゃるんでしょう?」

直樹はゆっくり両手を離し、小さく頷いた。

「共に生きることは諦めました。でも、それでも彼女を愛しています。……未練です。お恥ずかしい限りだ」

「いいえ、恥ずかしいことなどありませんわ。どうにも仕方のないことです。人の心は自分でも思い通りにはなりませんもの」

「彼女を愛しているのに、あなたとの結婚を望んだのは不誠実だったと思っています」

早紀子は黙って首を振った。そんなことありません、私だって他の人を愛しているんです……と教えてあげたかった。

「ただ、あなたとの結婚を決めた気持ちには嘘も後悔もありません。初めてお目にかかったとき、この人となら末永く幸せに暮らせるのではないか……そう思いました。素直で、正直で、思いやりに溢れた方だと感じたんです」

早紀子は小さく頭を下げた。

「ありがとうございます、直樹さん。隠さずに話してくださって、嬉しゅうございました」

直樹の正直と誠実に、早紀子も心を打たれていた。そして、以前よりもっと直樹のことが好きになっていた。


十二日の水曜日に急遽休みが取れることになったので是非会いたいと、耕一から手紙が来たのは日曜日のことだった。

早紀子は大急ぎで計画を練った。折しも当日は学習院時代の学友で侯爵家に嫁いだ女性から、三歳になる令嬢の誕生パーティーに招待を受けていた。

そうだ。とりあえず出席して、すぐに仮病を使って帰ってしまえばいいわ。侯爵邸を抜け出したその足で、耕一さんの待つ場所へ駆けつければ、大丈夫。運転手と女中は……買収するしかない。

およその段取りを決めると、心は早くも耕一のもとへ飛んでいった。


新橋駅で落ち合ったとき、耕一はすでに決心していたらしい。早紀子は一目見るなりそれを察した。同じことを考えていたからだ。

耕一は早紀子の手を取り、烏森神社の裏手にある待合いへ連れて行った。玄関に入って声をかけると、すぐに女将らしき中年の女が現れた。

「二階の部屋を頼む」

女将は軽く頭を下げると先に立ち、二人を二階の座敷へ通した。商売柄か、余計なことは言わない。

早紀子は待合いに入ったことがなかった。だが、そこで行われる行為は知っていた。今となっては夢の中の出来事のようにぼんやりとしか覚えてはいないが、耕一の唇が唇に触れたとき、遠い昔の記憶が蘇った。そして、それは霧のように消えた。

何もかもが違っていた。耕一とすることはすべて初めての経験だった。指や唇や舌が肌に触れただけで、快感が電気のように全身を走り抜け、鳥肌が立った。

夫だった人とは儀式に過ぎなかったことが、今は湯煎にかけたバターのように身体を蕩かしてゆく。全身がどろどろの熱い液体になって流れ出すのではないかと思うほどだ。遠くで細く尾を引く笛の音が聞こえると思ったら、それは早紀子の唇から漏れているのだった。

我に返ったときは、耕一の腕枕に頭を置いていた。脇の下からほんのかすかに汗の臭いがする。その臭いを胸いっぱいに吸い込んだとき、入れ替わりのように涙が溢れ出した。

「早紀子さん……？」

早紀子は耕一の胸に顔を押しつけ、声を殺して泣き始めた。幸せと悲しみが一緒に押し寄せてくる。愛する人と結ばれた喜びと、どうしてもっと早くに出会えなかったのかという悔いだ。昔、早紀子は恋を知らぬまま好きでもない男の妻となった。あの男が耕一だったら、どれほど幸福だったろう。夫を失ってからぼんやり過ごしていた日々を、この素晴らしい喜びで満たすことが出来たのに。

「私、もう離れたくない。いつまでもあなたと一緒にいたい」

「僕もだ」

耕一は短く答えて唇を重ねた。早紀子は耕一の首に両腕を回し、身体を押しつけた。一糸まとわぬ二人の肌を、新たに噴き出した汗が濡らした。


それから十日後、早紀子は午後五時に帰宅した。

「お母さま、ただいま戻りました」

まずは居間にいる菊乃に帰宅の挨拶をする。今日は十和子と一緒に友人宅のガーデン・パーティーに出席したことにしてあった。

もちろん、本当は耕一と新橋の待合いで逢い引きしていたのだ。

待合いに行くのは今日で三度目だった。そう頻繁に外出したら怪しまれるのは分かっていたが、それでも逢わずにいられない。一日でも逢えないと、何も手に付かず、耕一のことばかり考えて焦がれ死にしそうになる。完全に恋に溺れているのは自分でも承知だ。

「着替えて参りますわ」

「その前に、そこにお座りなさい。ちょっとお話があるの」

早紀子が向かいのソファに腰を下ろすのを待って、菊乃はあくまでも平静な顔と声を保ったまま尋ねた。

「早紀子さん、綾瀬耕一とのお付き合いは、いつまで続けるおつもりなの？」

早紀子は驚愕のあまり飛び上がりそうになった。いつまでも隠し通せるはずもなかったが、これほど早く露見するとは思っていなかったので、心の準備がまるで出来ていなかったのだ。

「綾瀬耕一は館脇冠山という思想家の書生をしています。館脇は大アジア主義者で、東陽会という政治結社の主宰です」

おそらく女中か運転手が忠義立てして菊乃に注進したのだろう。耕一の調査は大堂商事の調査部に頼んだのかも知れない。とにかく菊乃に知られた以上、ただで済むはずがない。早紀子は嵐が吹き荒れることを覚悟した。

「書生の身で十日に三度も休みをもらって、新橋の待合いを使うというのは、常識では考えられません。おそらく館脇が承知でお金も出しているのでしょう」

早紀子は意味を理解しかねて菊乃を見た。

「こんなことは言いたくないけれど、綾瀬耕一があなたに近づいたのは、館脇の差し金ではないかしら」

「お母さま……」

早紀子はやっとまともに頭が働くようになった。

「どうして？　何のために？」

「あなたが大堂財閥総帥の姪だからでしょう。思想家や主義者は、たいてい財閥を憎んでいますからね」

そして、グサリと胸をえぐるように言った。

「もしかしたら館脇は伯父さまに良からぬことを企んでいるのかも知れません。あなたを手なずけておけば、伯父さまに近づきやすいでしょう」

「お母さまッ！」

早紀子はほとんど悲鳴に近い声を出した。

「耕一さんはそんな方じゃありませんわ！」

菊乃は露骨に哀れみの表情を浮かべた。

「本人にその気がなくても、館脇冠山は良からぬ企てをしているかも知れません。そして綾瀬耕一も、大恩ある師の命令には従わざるを得ないと思いますよ。孤児になったのを引き取って大学まで進学させてくれた恩義があるのですから」

そんなこと嘘です！　耕一さんは私を愛しています！　私が彼を愛しているように、心から私を愛しているんです！

早紀子はそう叫びたかったが、喉から出たのは声ではなく嗚咽だった。バッグからハンカチを出して鼻に押し当て、声を殺して泣き続けた。ようやく涙が引っ込むと、菊乃は再び口を開いた。

「私は綾瀬耕一があなたを騙しているとは思いません」

早紀子は意外な思いで顔を上げた。

「あなたは物事の本質を見抜く目を持っています。嘘と真、善と悪。それがあなたの心にはそのまま映るのです。早苗さんがそうでした。だから、綾瀬耕一の気持ちに嘘はないと思います」

早紀子はパッと顔を輝かせたが、菊乃の表情は暗かった。

「でも、結婚は出来ませんよ。それはお分かりですね？」

早紀子はまた俯いた。子供の頃から課せられた使命は二礼伯爵家の継続だった。そのためには、華族の子弟以外と結婚することは許されない。だが、もはや身も心も耕一に捧げているのだ。

「お母さま」

早紀子は意を決してもう一度顔を上げた。

「私、耕一さんを愛しています。どうしても、お別れすることは出来ません」

「別に別れろとは申しませんよ」

「え？」

「あなたの気の済むまでお会いなさい。その代わり、直樹さんときちんと結婚して、二礼伯爵家の家督を継承してください」

早紀子は言葉を失い、金魚のように口をパクパクと開け閉めした。

「あなた方は愛し合っているのでしょう？　それなら形式にはとらわれませんね。結婚はただの形式ですから」

菊乃は耕一と愛人関係を続けながら直樹と結婚しろと言っているのだった。母親としてはあるまじき発言であり、世の良識を覆す意見でもある。並ぶものなき貴婦人として世間の尊敬を集めている菊乃から、そんな恐るべき言葉が出てきたことに、早紀子は面食らい、戸惑うばかりだった。

「お母さま、あの……」

「人には持って生まれた宿命（さだめ）があります。誰も宿命からは逃れられません。あなたは二礼伯爵家の家督相続人に生まれました。どんなことがあっても、その宿命を受け入れなくてはなりません」

菊乃はにっこりと微笑んだ。

「私は亡くなったお父さまに、あなたに二礼家の家督を継がせると約束いたしました。そしてあなたのお母さまに、必ずこの子を幸せにすると誓いました。だから、あなたには家を継いで欲しいのです。そして幸せになってもらいたい。この二つの願いを成就させるには、直樹さんと結婚して、綾瀬耕一との逢瀬を続ける以外に道はないでしょう。違いますか？」

理屈はそうでも、早紀子はおいそれと頷くことが出来なかった。

「でも、お母さま。お二人がそんなことを承知なさるとは思いません」

菊乃はまた哀れむように笑った。

「同意など必要ありません。もしあなたが心からそれを望むのであれば、黙って実行すればよろしいのです」

菊乃の目には有無を言わさぬ迫力が宿っていた。

「綾瀬耕一に否やはないはずです。二礼家の婿になれないことは覚悟しているはずですし、駆落ちして貧乏暮らしをさせたら、あなたを不幸にすることも承知しているでしょう」

そしていくらか目の力を和らげた。

「直樹さんには秘密にすることです。秘密が守れるように、お母さまも協力しますよ」

「でも、直樹さんは本当に正直で誠実で、お優しい良い方なんです。そんな方を裏切るなんて、お気の毒ですわ」

「では、綾瀬耕一と別れられますか？」

「それは……」

「何もかも欲しいというのは強欲です。一番大切なものを手に入れたいのなら、我慢や諦めも必要なんですよ」

菊乃の目が優しい光を帯びてきた。

「直樹さんに申し訳ないと思うなら、その分尽くして差し上げなさい。後ろめたい気持ちを真心に変えて奉仕なさい」

早紀子の耳には「あなたとなら末永く幸せに暮らせる」と言った直樹の言葉が蘇った。

私はあんな優しくて誠実な人を裏切っている……。

それまで感じたことのなかった申し訳なさと後ろめたさが、いきなりどっと押し寄せてきた。早紀子が生まれて初めて抱いた強烈な罪悪感だった。

しかし、その根底にあるのが耕一と別れなくて済んだという安心感であることには、少しも思い至らなかった。

「間違っても直樹さんに仰ってはいけませんよ。婚約者が自分を捨てて別の男に奔(はし)ったと聞かされたら、直樹さんの矜持がどれほど傷つくとお思いですか?」

菊乃は止めのひと言を言って聞かせた。

「世の中には、知らない方が幸せなこともあるのです。真実がすべての人を救うわけではありません。真実より大切なものが、人にはあるのです」

九月に入ると二礼家と片平家は結納を取り交わし、早紀子と直樹の婚礼は年明けの吉日と決まった。

結婚前に直樹は菊乃と養子縁組をして二礼の家督を継ぎ、直敬（なおたか）と名を改め、伯爵位を襲爵することになる。そして遠からず貴族院議員に推挙されることも確実だった。そのときは文部省を退職するという合意も出来ていた。

十月初めのある夜、二礼家では直樹と両親を招いて私的な晩餐会が催されていた。洋食が苦手という忍に配慮して献立は和食である。強肴（しいざかな）の煮物を食べ終わり、揚げ物が供された頃には、直樹と俊史は日本酒を二合ほど飲んでほろ酔い加減になっていた。

頃合いを見計らい、菊乃は箸を置いた。

「実は、まことに突然ではございますが……」

直樹と片平大佐夫妻の顔を順繰りに眺め、やんわりとした口調で切り出した。

「晴れて夫婦となった暁には、直樹さんには早紀子を伴って、ヨーロッパに遊学していただきたいと考えておりますの。出来れば半年ほど」

片平家の親子はもちろん、早紀子も驚いて菊乃の顔を見た。外遊とは初耳だった。

「昨年、皇太子殿下も半年間ヨーロッパを歴訪なさいました。漏れ承ったところでは、大層ご見聞を広げられたとか」

菊乃はとびきりの笑顔を直樹に向けた。

「私といたしましても、これから二礼家の当主となられる直樹さんには、出来るだけ見聞を広めて、家を栄えさせていただきたいと願っております。如何でございましょう？」

「それは、もちろん、願ってもない機会です」

間髪を容れずに直樹は答えた。勲功華族の三男で一介の官吏に過ぎない身には、海外遊学など望むべくもない。

「まあ、頼もしいこと」

海軍軍人の俊史は乗り気の様子だが、忍はほんの少し顔を曇らせた。知り合いも親戚もないヨーロッパに息子を行かせるのが心配なのだろう。

「あちらでの生活や雑務の段取りについては、ご心配は無用ですわ。大堂商事はヨーロッパの主だった国の日本大使と懇意にしておりますし、亡くなった主人の文部省時代のお仲間も、直樹さんに便宜を図ってくださるそうです。どうぞ大船に乗った気でいらしてくださいませ」

その言葉に、忍の顔も晴れやかになった。

「ただ、そのためには……」

菊乃は申し訳なさそうな口ぶりになった。

「直樹さんには今年いっぱいで文部省を退官していただかなくてはなりません。立派なお仕事で、心残りではございましょうが」

「お気遣いありがとうございます」

直樹は頬を紅潮させてきっぱりと答えた。

「でも、僕は海外渡航を優先したいと思います。直接にヨーロッパの文化や風物に親しめるのは、何物にも代え難い喜びです。それに、文部省には優秀な人材が大勢いますから、僕が早めに退官したところで、何の支障もないはずです」

「そう言ってくださると嬉しいわ」

菊乃は早紀子と直樹を交互に見て言い添えた。

「これからの二礼家は、直樹さんが頼りです。どうぞよろしくお願いいたします」

片平親子を送り出した後、早紀子は少し恨みがましい口調で言った。

「お母さま、私、半年もヨーロッパへ行くなんてお話、初めて伺いましたわ」

「私もお話しするのは今日が初めてです。前から考えてはおりましたけど」

「お母さまったら。どうしてひと言打ち明けてくださらなかったの？」

「同じ話を二度する必要もないでしょう」

菊乃はこともなげに答えて、食堂から居間に移った。早紀子も仕方なく後に続いた。

「でも、悪い話ではないはずですよ。あなただって一度はヨーロッパへ行ってみたいと思うでしょう？」

「ええ、それは」

「だったら良い機会じゃありませんの。新婚旅行でヨーロッパを歴訪するなんて、なかなか出来ない贅沢ですよ」

早紀子は言うべき言葉を探しあぐねて黙り込んだ。

七月以来、耕一との逢瀬は続いている。有り体に言えば待合いで抱き合っている。早紀子の身体はすっかり耕一に狎(な)れて、今では別れるが早いか次に抱かれる日が待ち遠しくて堪らない。耕一なしで半年も辛抱出来るか心許ないほどだ。

「それに、あなたのためでもあるのですよ」

菊乃にじっと見つめられ、早紀子は心を見透かされたような気がしてたじろいだ。

「年が明けたら、結婚の事実は公になります。綾瀬耕一はあなたが他の男と結婚したと知って、ひどく落胆するでしょう。もしかしたら裏切られたと思って怒り狂うかも知れない。そういう危険な精神状態の人は何をするか分かりませんからね。近寄らない方が身のためです。半年間というのは、頭を冷やすには丁度良い時間です」

菊乃は早紀子に同意を促すようにゆっくりと頷いた。

「日本に帰ってから、また逢えばよろしいのですよ。その頃はお互いに冷静になっているでしょうから」

早紀子は最近菊乃が恐ろしくなってきた。

この冷静さ、この周到さは何だろう？　道徳や常識を踏みにじって平然としていられるこの強さは、どこから来るのだろう？

耕一と別れたくないと願ったのは早紀子だった。二礼家の家督を継承する使命を果たしたいというのも、早紀子の本心だった。それでも、二つの願いを成就するためなら他のすべてを切り捨てて顧みない菊乃の所業が、神をも恐れぬ精神が、やはり早紀子は恐ろしい。心の何処かが警告する。このままで済むはずがない、いつかこれに倍する報復を受けるだろう、と。

七月のあの夕方、菊乃は早紀子との話し合いの最後に、耕一には決して何も打ち明けてはならないと厳命した。

「でも、とても隠し通せるものじゃありませんわ。私と直樹さんが結婚することは、いずれ耕一さんの耳に入ってしまいます」

「だから、あなたが自分から知らせる必要はないのですよ」

菊乃は当たり前のように先を続けた。

「怒らせて喧嘩になったらいやでしょう？　せっかくの逢瀬が台無しですよ。だから、余計なことを言ってはいけません」

「お母さま……」

早紀子はそれまで恐ろしくて口に出せなかったことを尋ねた。

「あの、もし、耕一さんの赤ちゃんが出来たら？」

「それはおめでたいこと」

菊乃は神々しいまでに美しい笑顔を見せた。

「父親はどちらでもかまわなくてよ。あなたの子供なら」

あれから三ヶ月近くが過ぎて、早紀子は今、自分で仕掛けた罠にはまったような気持ちを味わいつつあった。

今日の耕一は少し乱暴だった。接吻も、愛撫も、いつもよりずっと荒々しくて痛いくらいだ。部屋に入ってきたときから顔が強張っていた。怒っているのだと知れた。だから早紀子は観念した。

今更何を言っても仕方がない。耕一は知ってしまったのだから。

「僕に隠していることがあるだろう？」

組み敷かれて目を閉じたまま、早紀子は黙って頷いた。

「何だ？　正直に言ってみろ」

だが、早紀子の口からはもはや意味のある言葉は出てこない。笛の音のような、あるいは子猫の鳴き声のような音が、切れ切れに漏れるだけだ。耕一はそれを承知で、何度も意地悪く責め立てた。身体はますます熱を帯び、沸騰してどろどろに溶け出した。頭も身体も自分のものであって自分のものでなく、自分と耕一との境目さえ定かではない。一時間も一瞬も曖昧な時間が流れていく……。

「結婚するの。来年のお正月、松が取れたら」

待合いの布団に横たわり、噴き出した汗が流れるに任せて、早紀子はつぶやいた。耕一は隣りで目を開けたまま仰臥している。

「相手は誰だ？」

激情をぶつけた後だからか、耕一の声は落ち着いていた。

「華族の息子。爵位を受ける資格のある人よ」

「どんな奴だ？」

「良い人よ」

「好きなのか？」

「ええ」

「俺と別れてそいつに乗り換えるんだな」

さすがに声に怒気がこもった。だが、早紀子は少しも恐ろしくなかった。菊乃の恐ろしさに比べたら子供騙しのように思われる。

「私はあなたを愛してます。家督相続人の義務として結婚はしますが、あなたへの愛は変わりません」

耕一は寝返りを打って早紀子の方を向いた。

「結婚しても変わりません。私はあなたのものです。身も心もあなたに捧げます」

耕一は何か言いたげに唇を歪めたが、ヒクヒクと震えただけで言葉にならなかった。

「でも、私は義務から逃げるわけにはいかないんです。二礼家を潰すことは出来ません。どうかそれだけは分かってくださいね」

早紀子は手を伸ばして指先で耕一の唇を撫でた。

「何も変わりません。今まで通りです。結婚しても、ずっと……」

「ふざけるな」

耕一はいきなり早紀子にのしかかり、首に両手をかけた。

「何が同じなんだ？　その男とも寝るんじゃないか」

早紀子はパチパチと瞬きしてから、じっと耕一の顔を見つめた。怒りと嫉妬に駆られているが、それ以上に悲しみに打ちのめされた顔だった。現に、首にかけた両手にはまるで力がこもらない。

早紀子は我知らず微笑んでいた。なんて幸福なのだろう。耕一は傷ついている。早紀子の前でなければ子供のように泣きじゃくっているかも知れない。それほどまでに早紀子を愛しているのだ。愛した男から愛される。そんな奇跡が自分の身に起こっている。

幸福に酔い、耕一の首を抱き寄せた。

「愛してるわ」

耕一は力尽きたように早紀子の上に倒れ込んだ。

二礼家は朝から公式晩餐会の準備で大わらわだった。

玄関ホール正面の壁にはゴブラン織りのタペストリーが掛けられ、秘蔵のターナーとコローの風景画が飾られた。階段の途中には蒔絵の薙刀(なぎなた)と緋縅(ひおどし)の鎧(よろい)、能装束二枚を衣桁(いこう)に掛けて配置した。サロンのマントルピースの上には古九谷の皿を並べ、両側に狩野派の屏風を置いた。壁に飾られたのはミレイとロセッティの描いた美人画である。

通常の公式晩餐会に比べて和風の設えを多用したのは、英国大使夫妻とイタリア大使夫妻を来賓に迎えるからだった。他には内田康哉外相夫妻、郷誠之助、大堂雄一郎夫妻、大堂恒二郎夫妻。そして片平直樹には主人役を依頼してあった。

菊乃がこの晩餐会を計画したのは一ヶ月も前のことだ。次代の二礼伯爵となる直樹を社交界にお披露目しようというのである。

「何だか、緊張しますね」

直樹がやや不安げな顔をすると、菊乃は鷹揚に笑って首を振った。

「ご結婚なさったら、正式なお席にご招待されることも多くなりますからね。今のうちに慣れておいた方がよろしくてよ」

そして、微笑みながら付け加えた。

「だから直樹さん、当日は出来るだけ沢山失敗なさいな。一度失敗すれば二度と同じ失敗をしないで済みます。私が主催する会ですから、少しも恥にはなりませんよ」

菊乃が席を外すと、直樹は感に堪えたように言った。

「伯爵夫人は本当に大した方ですね。あの明晰さと度量の大きさは、男も顔負けです」

その目には素直な賛嘆の色が浮かんでいた。

早紀子も同感だったが、今は賛嘆以外の感情もある。その明晰さ、度量の大きさ、肝の据わり方、すべてに禍々(まがまが)しさが付け加わる。規範を大きく超えてしまった故かも知れないが……。

「片平直樹さまがお着きでございます」

晩餐会当日、直樹は会の始まる一時間前に、二礼家差し回しのパナールに乗ってやって来た。主催者側の主人役として、一緒にホールで来客を出迎えなくてはならない。

「あら、よくお似合いですこと」

正式な晩餐会なので、男性は燕尾服、女性はローブデコルテか色留袖が決まりだった。恥ずかしがって照れているが、背が高くて体格の良い直樹は燕尾服がよく似合った。

「こんな格好は慣れていないので、まるで借り着をしているようですよ」

菊乃は色留袖、早紀子はローブデコルテを着ている。口に出して褒めこそしないが、顔を見れば美しいと思っているのは明らかだった。

早紀子はふと、耕一に見せてあげたいと思った。この前逢ったとき、寝物語に今日の晩餐会のことを話したのだが、あまり興味がなさそうだった。二人でいるときはほとんど裸だからかも知れない。でも、今日のこの姿を見たら……。

生地はカナリア・イエローの絹で、細かな地紋が浮き彫りになっている。金の装飾をあしらった真珠の三連ネックレスも、菊乃がわざわざ黄色みがかった真珠を選んで誂えたものだ。やや浅黒い肌と黄色い真珠の色合わせは絶妙で、互いを引き立たせる相乗効果がある。早紀子の全身から健康な若い女の魅力が溢れ出していた。

やがて、次々に招待客を乗せた車が到着した。

三人はホールで客を出迎え、サロンに案内した。客たちはそこで好みの食前酒を手に歓談する。そして時刻になると大食堂へ移って晩餐会が始まるのだった。

乾杯が終わり、グラスを置いたとき、早紀子の向かいの席にいた郷誠之助が怪訝な表情を浮かべた。

「ぶしつけですが、早紀子さんは見合いの席でお会いしたときより、ずいぶんとご器量が上がったようですな」

「まあ」

早紀子は戸惑ったが、菊乃は落ち着いて答えた。

「ありがとう存じます。直樹さんと結婚が決まって、この子もとても喜んでいますのよ。そのせいですわね、きっと」

「それはそれは。片平君を紹介した私も嬉しい限りですよ」

きっと恋をしたせいだわ……。

曖昧に微笑を浮かべながら、早紀子は思った。耕一と出会ってすべてが変わってしまった。だから見た目も変わったのだ。それも、ありがたいことに良い方へ。

晩餐会は滞りなく進み、閉会となった。

直樹の主人役は菊乃の介添えがあったにせよ、初めてとしては上出来だった。率直で肩肘張らない態度は、来賓たちにも好感を与えたようだ。

来客の車が徐行してきて、玄関の車寄せに停まった。主人側の三人は玄関で客と別れの挨拶を交わした。英国大使夫妻、イタリア大使夫妻、内田外相夫妻、郷誠之助の順番でそれぞれ車に乗り込み、走り去ってゆく。

雄一郎の家の車が来た。

「今日はご馳走になった。とても立派な晩餐会だったよ」

「いいえ。お兄さまとお義姉さまにお越しいただいてとても安心でしたわ。こちらこそありがとうございます」

「菊乃さん、早紀子さん、今度は是非直樹さんもご一緒に、宅へ遊びにいらしてくださいませ。十和子も楽しみにしておりますわ」

身内同士の飾らないやりとりの後で、玄関を出ようとした雄一郎がふと立ち止まり、菊乃を振り向いた。

「菊乃、長い間ご苦労だった。これでようやく、おまえも安心だな」

「お兄さま……」

早紀子は菊乃の目がうっすらと潤むのを見た。すると、何故だか胸に針を刺すような痛みが走った。

雄一郎が玄関から一歩外に踏み出したときだった。車寄せの脇の植え込みから、突然人が飛び出してきた。

「大堂雄一郎、覚悟！」

玄関の灯りに浮かび上がったのは、くたびれた背広姿の若い男だ。突き出した両手に拳銃を握っている。

耕一さん！

早紀子は叫ぼうとした。しかし声にならず、息が止まっただけだった。

誰もが声を発することも出来ず、ただ凍り付いたようにその場に棒立ちになった。耕一の指が引き金を引いた。

銃声が響いた。

反動で、耕一が後ずさった。その目が大きく見開かれた。まず自分が銃撃した相手を、次に早紀子を見て、小刻みに首を振った。

撃たれたのは菊乃だった。咄嗟に雄一郎を突き飛ばし、銃口の前に立ったのだ。右の肩口から血を流し、それでも倒れることなく、じっと耕一の目を見据えている。

耕一は弾かれたように踵を返し、走り出した。

一同はやっと呪縛を解かれ、家僕たちが耕一を追って走った。

菊乃の身体が揺れて、膝からゆっくりくずおれた。

「お母さま！」

「菊乃！」

早紀子と雄一郎が左右から抱き起こした。

「医者を呼んできます！」

「いや、このまま病院に運んだ方が早い！」

直樹に手伝わせて、雄一郎は菊乃を大堂家のロールスロイスに運んだ。雄一郎が大声で運転手に命じた。

「広尾病院へ、大至急だ！」

「伯父さま、私もご一緒に！」

早紀子も無理に乗り込んだ。早紀子と直樹が両側から菊乃を支えた。雄一郎と直樹のポケットチーフを重ねて傷口を押さえているのだが、白絹はすぐに赤く染まってしまった。

「失礼します」

直樹は菊乃の着物をめくると、長襦袢の片袖を引きちぎり、傷口に当てがった。

「お母さま……お母さま、しっかりなさって」

早紀子は涙が止まらなかった。嗚咽しながら、心の中で自分を責め続けた。

バチが当たったのだ。自分だけの欲に溺れて、直樹さんを裏切り、耕一さんを傷つけた。嘘をついて直樹さんを騙し、世間を欺こうとした。だからその報いを受けたのだ。バチが当たったのだ……。

でも、それでも分からない。もしこれが神さまの仕業なら、どうして私に直接バチを当てないの？　どうしてお母さまが撃たれるの？　お母さまは悪くないのに。悪いのは私なのに。

「……早紀子」

菊乃がうっすらと目を開けた。

「お母さま？」

菊乃は自分の唇に人差し指を当てた。

「約束よ」

早紀子は何度も頷いた。新たな涙が溢れ出した。

はい、お母さま。約束いたします。直樹さんには決して言いません。すべてを告白して楽になろうなんて考えません。この罪は、私が一生背負っていきます。

だから死なないで。お願いです。どうか死なないで……。

菊乃は搬送先の広尾病院で緊急の手当てを受けた。銃弾は右の肩口を貫通していたが、幸い大きな血管の損傷はなかったので、生命の危機にさらされることなく済んだ。

「傷が塞がるまでは、大事を取って入院なさってください」

医師の指示に従って、特別室に入院して一週間が過ぎた。

「あなた方の結婚式までには、すっかり良くなってよ」

菊乃はベッドの上に半身を起こし、傍らに座っている早紀子に言った。

「だから、今日からはもう、家にお帰りなさい」

早紀子はこの一週間ずっと病室に泊まり込んでいた。疲労と心労でげっそりやつれている。

「直樹さんも心配していらっしゃったわ。ゆっくり休んで滋養のあるものをお食べなさいな。これじゃどちらが患者か分かりませんよ」

直樹も毎日見舞いに訪れている。退屈だろうからと、本や雑誌を選んで持参してくれるので、菊乃はとても喜んでいた。

「お母さま……」

いつにすべきかと迷っていたが、早紀子はこの機会に大切な話をすることにした。

「耕一さんのことは、何とお詫びしてよろしいのやら分かりません。以前、お母さまの仰った通りでした。あの人は伯父さまを暗殺する目的で、私に近づいてきたんです」

「いいえ、それは違います」

意外にも、菊乃ははっきりと首を振った。

「あの人は板挟みになって苦しんでいましたよ。……あなたと館脇冠山の」

菊乃の声音には同情がこもっていた。

「あなたを本気で愛していたと思いますよ。でも、館脇冠山には大きな恩義がある。だから、要人暗殺を命令されたら断れなかったのでしょう。たとえそれが愛する女性の身内であっても」

本当にそうなのだろうか？　早紀子には確信がない。目の前で菊乃が撃たれるのを見てしまったからかも知れない。

「あの人、最初から伯父さまを殺す気はなかったのですよ」

「え？」

「撃たれたのは右肩です。本気で殺そうと思うなら、心臓を狙うでしょう」

早紀子はホッと溜息を吐いた。

「もし、そうだったとしたら、私もいくらか救われますわ」

「お母さまが嘘をついたことがありますか？」

早紀子は横に首を振った。言われてみればその通りだった。

「それに、お母さまはあの人の目を見ました。だから分かるのですよ。まったく殺意が感じられませんでしたからね」

「お母さま、ありがとう存じます」

早紀子は頭を下げた。

広尾病院から二礼家に戻る途中の車の中で、早紀子は耕一のことを思っていた。

事件の翌日、耕一は警察に自首して出た。そして留置場の中で、隠し持っていたカミソリの刃で頸動脈を切り、自殺した。館脇冠山に累が及ぶのを恐れたのだろうと憶測されていた。

雄一郎からの連絡で耕一の死を知ったとき、早紀子は自分でも意外なほど冷静だった。菊乃の遭難で頭がいっぱいだったせいもあるが、実は予期していた。菊乃を撃った耕一の顔を見たとき、もはやこの世の人ではないように感じたのだ。

この気持ちは何なのか、自分でも訝しい。あれほど愛した男が死んだというのに、早紀子は絶望していなかった。もちろん悲しい。もう耕一に会えないのは辛い。だが、その悲しみも辛さも寂しさの延長に近かった。身を切られるような悲しみとは違う。もう生きていられないほど辛いとは思わない。

私はいったいどうしたのだろう？　私はもしかして人でなしなのだろうか？

早紀子は車の窓を開け、冬の近づいた東京の街並みと青く澄んだ空を眺めた。

大正十二（一九二三）年一月吉日、二礼早紀子は片平直樹と結婚した。菊乃と通敬の婚礼に劣らぬ豪華で格調高い式となった。

「これからは何事もお二人でよく話し合い、二礼家を守り立てていってくださいね」

式に先立って、菊乃は早紀子と直樹の手を取って言った。

傷は完治していたが銃創痕が残るため、ローブデコルテは着られなくなった。菊乃は少しも気にしていないが、早紀子は悔やみきれない思いだった。

「これで私は安心です。もういつお迎えが来ても満足ですよ」

「お母さま、縁起でもない……」

「そうですよ。どうぞいつまでもお元気でいらしてください。そして、僕たちを導いてください」

すると、菊乃は苦笑を漏らした。

「私はもうくたびれました。お役御免にしていただきますよ。あとはお二人でお励み遊ばせ」

早紀子は菊乃の本心を感じた。すると、いつか雄一郎に労をねぎらわれて涙ぐんだ姿を見たときのように、胸が痛むのだった。

婚礼の答礼の雑務を終えた一月末、早紀子は直敬と名を改めた夫に伴われ、欧州航路の豪華客船に乗った。

途中でいくつかの国の港に寄港しながら、インド洋を回ってスエズ運河を通り、ジブラルタル海峡を渡って大西洋に出る航路である。日本を出るときは真冬だが、東南アジアからスエズ運河を抜けるまでは真夏になり、大西洋に出ると冬に戻る。船は今マラッカ海峡を目指している途中で、気温だけなら早春の季節だ。

「わずかひと月で春夏秋冬を味わえるなんて、面白い旅ですわね、直敬さま」

一等甲板に出て海風に吹かれながら、早紀子は傍らの夫に笑顔を向けた。

「滅多に出来ない経験だね。これもお母さまの配慮のお陰だ」

「お母さまにお土産を沢山買いましょうね」

「ああ、そうしよう」

夫を直敬という新しい名で呼ぶことも、新しい手の愛撫に応えることも、早紀子はようやく慣れてきた。船がヨーロッパに着く頃には、きっとどちらも自然に身についているだろう。

早紀子はようやく菊乃のことが分かりかけてきた。

お母さまはとてもお強い。でも、強すぎる。本当は無理をなさっていたんだわ。無理に無理を重ねていらしたんだわ。

菊乃は早紀子と耕一を別れさせようとはしなかった。あれで良かったのだと思う。強引に仲を引き裂かれたら、早紀子は耕一と駆落ちするか、直樹にすべてを告白して婚約を解消するかしたはずだ。どちらの道を選んでも、早紀子は決して幸福にはなれなかった。耕一が銃撃事件を起こして自殺した今となっては、それがよく分かる。

そして、食傷という感情がある。どんな美味しい物でも、食べ過ぎたら飽きてくる。早紀子は思う存分耕一と愛し合った。ありったけの情熱を込めて。おそらく耕一が生きている間に、耕一に対する情熱はほとんど使い果たしてしまったに違いない。だから耕一を失っても絶望しなかったのだ。未練に苛まれることもなく、心を引き裂かれずに済んだのだ。

お母さまにはそれが分かっていらした。でも、いくら頭で分かっていても実行するのは難しい。感情が邪魔をするもの。お母さまは私のために、自分の感情を犠牲になさったんだわ。

菊乃にそこまでさせたものは愛だろう。早紀子への、そして亡き通敬への……。

それに気付いたとき、早紀子の心に決意が生まれた。

ちっぽけな自分自身の感情より、もっと大切にしなければならないものがある。

それは二礼家を次代へ継承する使命だった。しかし、継承するのは家名や爵位ではない。人の思いだ。菊乃の、通敬の、そして早苗を始め二礼家を彩った人たちの、胸の思い。

「直敬さま」

早紀子は夫に寄り添った。

「私たち、仲の良い夫婦になりましょうね」

「うん。必ずそうしよう」

直敬はしっかりと頷いて、早紀子の肩を抱き寄せた。

私はこの人と末永く、共に暮らしていくのだ。

早紀子は直敬の肩に頭をもたせかけて心に誓った。

西洋人の男女が抱き合って接吻しているのが、二人の立っている場所から見えた。

早紀子は顔を仰向けた。直敬は少し照れながらも、早紀子の唇に唇を重ねた。

恋は落ちるもの。でも愛は育てるもの……。

早春の風に乗って、そんな声が聞こえたような気がした。

完

本書は書き下ろしです。原稿枚数463枚（400字詰め）。
JASRAC 出1510363-501

〈著者紹介〉
山口恵以子　1958年、東京都江戸川区生まれ。早稲田大学文学部卒業後、会社員、派遣社員として働きながら、松竹シナリオ研究所で学ぶ。脚本家を目指し、プロットライターとして活動。その後、丸の内新聞事業協同組合の社員食堂に勤務しながら、小説の執筆に取り組む。2007年『邪剣始末』で作家デビュー。13年『月下上海』で第20回松本清張賞を受賞。他に『あなたも眠れない』『小町殺し』『恋形見』『あしたの朝子』『食堂のおばちゃん』などがある。

早春賦
2015年11月25日　第1刷発行

著　者　山口恵以子
発行者　見城 徹

発行所　株式会社 幻冬舎
〒151-0051 東京都渋谷区千駄ヶ谷4-9-7

電話:03(5411)6211(編集)
03(5411)6222(営業)
振替:00120-8-767643
印刷・製本所:株式会社 光邦


ISBN978-4-344-02857-9 C0093
幻冬舎ホームページアドレス　http://www.gentosha.co.jp/

この本に関するご意見・ご感想をメールでお寄せいただく場合は、
comment@gentosha.co.jpまで。